TAKE
SHOBO

指名No.1のトップスタイリストは私の髪を愛撫する

ぐるもり

ILLUSTRATION
蜂不二子

MITSU
YUME

指名No.1のトップスタイリストは私の髪を愛撫する

CONTENTS

MITSU YUME

イラスト／蜂不二子

指名No.1のトップスタイリストは私の髪を愛撫する

1　私のキラキラはここです

月初め。小学校から急いで帰宅した弥生《やよい》は、玄関のドアを開けると同時にランドセルを放り投げる。母お気に入りの無垢《むく》床の上を赤いランドセルが滑っていく。ランドセルの行方など気にもしない弥生は、大きな足音を立てて夕飯の支度をする母親の元に駆け寄った。

「ただいま！　ママ、今月のアレ、ください！」

手のひらを上にして、『今月のアレ』を母親に催促をする。弥生の大きな声に振り返った母は、玉ねぎを切っていた手を止めにっこりと笑う。

「手を洗うからちょっと待っててね」

そう言いながら母が手を洗う時間も弥生は待ちきれない。ソワソワと足踏みをしていると、待ちに待った一番大きな硬貨が手のひらに落とされる。一月に一度しか味わえない感覚を確かめるように、弥生は冷たい硬貨をぎゅっと握りしめる。

「お待たせしました。今月のお小遣い」

母の優しい声に、弥生は顔を上げた。

「大切に使いなさい」

「うん！」

弾んだ声で返事をする弥生に、母が微笑《ほほえ》みを返す。小遣いの行き先を知っているからだろう。今月はキャラクターが表紙の新しい自由帳を買うのだ。昨晩、弥生は高らかに家族に宣言していた。

「ママ、いってきます！」

「はい。気をつけてね」

母の返事を背に、弥生は大きな硬貨を財布の中に大切にしまう。そして、息付く暇もなく家を飛び出した。宿題も大好きなおやつもすべて後回し。日が暮れる前にと、弥生は目当ての場所に向かって走った。

家から歩いて十分。走れば六分のところに目当ての場所はあった。息を切らし、たどり着いたのは近所の駄菓子屋。月初めで小遣いをもらった子たちだろうか？　いつもよりも人が多い。

アメやチョコレート、クラスメイトが大好きなアイドルのブロマイドくじ。それと、よくわからない味のするドリンク。弥生の好きな物が誘惑してくる。

「おいしいね！」

「甘～い！」

楽しそうな声に弥生は立ち止まる。振り返れば小さなドーナツを頰張るクラスメイトが目に入る。

ぼそぼそしていて甘みたっぷりのドーナツの味を想像し、弥生は思わず手を伸ばしそうになる。しかし、今日の目的を思い出し、頭を横に振り、ドーナツを追い出す。後ろ髪を引かれながら、弥生は店の奥にある文房具売り場に向かう。

店舗の奥にある、文房具が並んだスペース。駄菓子目当ての子供が多いせいか、文房具売り場は薄暗くじめっとした雰囲気に包まれていた。しかし、どの文具店よりも弥生好みの文房具をこの駄菓子屋は置いていた。貸し切り状態の売り場を弥生はゆっくりと見て回る。先月購入した香り付きの消しゴムの新作が出ている。しかし、好みの香りでなかったため購入を見送る。目当てのキャラクターノートを探すために再度辺りを見回した時だった。弥生の少しつり上がった大きな目に『新発売！』のポップで飾られたマーカーペンが飛び込んできた。

「かわいい！」

頭の中にあったノートのことを忘れて、マーカーペンに飛びつく。ボディにラメがあしらってあるせいか、キラキラと輝いて見えた。

弥生はポップに顔を近づける。年老いた店主が作っているとは思えない可愛《かわい》らしいポップにはこう書いてあった。

『キラキラ虹色。真っ白なノートに、あなただけの虹を描けます。虹色マーカーペン、ハッピーマーカー！　ついに登場！』

ポップを読んだ弥生の頭の中から、買う予定だったノートの存在が消える。そして、真っ白なノートに広がっていく虹が浮かんだ。半円だけでなく、ハートの虹、星の虹……想像するだけで、胸が踊る。

教科書に使ってもいいだろう。大嫌いな勉強がすごく楽しくなるかもしれない。弥生の楽しい妄想がどんどん膨らむ。

弥生のキラキラがまた一つ増える。目を輝かせ、口元を緩めながら、弥生は迷うことなくペンをレジへと持って行った。

一本二百四十円。プラス、ガムを買って全部で二百五十円。大きい硬貨が細かくなったことにほんの少しガッカリしたが喜びの方が大きかった。

小学生が買えるはここまで。来月こそ、ノートを買おう。小さな紙袋に包まれたマーカーペンを宝物のように抱えて、買ったフーセンガムを口に放り込む。帰り道ぷっと膨らせると、いつもより大きな風船が出来上がった。マーカーペンと同じ虹を心に描き、弥生はまた駆け足で家に戻った。

◆　◆　◆

――懐かしいことを思い出したな。

指が白くなるほど手を組んでいたことに気づく。手を緩めると過去の出来事を思い出した。時計を見上げると長針は三、短針は一を指していた。先ほど時計を見た時に長針は一のところにあった。まだ十分しか経過していないことにため息しか出ない。また手を組み、額につける。どうか受かりますようにと祈りながら。

小さな背中を丸めて祈りを捧《ささ》げる様子を誰もが微笑ましく見ていることに、本人だけが気づかない。

午後一の定例役職者会議の結果を今か今かと待ち望んでいたのは、虹色《にじいろ》文具で働く最上《もがみ》弥生だ。課長以上が出席した本日の役職者会議にて、弥生の出した企画の審査が行われていた。

モデルディスプレイを用いたプレゼンテーションは、凡《おおよ》そ好評だった。プレゼンテーション終了後の、上司たちの反応も悪くなかった。直属の上司に頑張ったな、と声をかけられれば、期待だってしてしまう。

——お願いします！

神よ仏よお母さん様よと、信仰とは関係ないものにまで弥生は祈っていた。提出した企画の中身は、新規の文房具開発。昔から弥生は文房具が大好きだった。

レインボーマーカー、香り付きボールペン、チョコレートの香りのする消しゴム、キャラクターのついた鉛筆キャップ。筆箱や引き出しの中には、いつだってキラキラした世界が広がっていた。毎月小遣いをもらった後に弥生は、毎月毎月文房具を売る駄菓子屋に走った。今月はこれ、来月はあれ。そう決めて、少しずつ少しずつキラキラを広げていった。

そんな幼少期を過ごした弥生は、文具に対して人一倍思い入れが強かった。それは、歳《とし》を重ねてからも変わらなかった。いつか誰もがキラキラできる理想の文房具を作りたい。そう思うようになっていた弥生が文房具業界で働きたいと思うことは当然のことだった。

「最上ー」

弥生に声がかけられた。フロアに響いた声に、同僚たちはほっと胸をなでおろした。なぜなら、祈りを捧げすぎて弥生がおかしな念仏のようなものを唱え始めていたからだ。

「はいっ！」

「よかったな。企画通ったぞー」

課長のその一言に、フロア内が湧いた。おめでとう、と弥生に声がかけられる。しかし、弥生はすぐに反応できなかった。

「最上先輩？」

後輩の鈴木真理《すずきまり》が、弥生の前で手を振る。ぽかんと口を開け、弥生は信じられないと言ったと面持ちで立ち尽くしていた。

「企画通ったぞ？　これからいそがしくなるが、頑張れよ」

課長が弥生の肩を叩《たた》く。ぽん、と小気味よい音で、弥生は我に帰った。

「……はい！　頑張ります！」

嬉《うれ》しさを隠そうとせず、弥生は花が綻ぶように笑った。喜びを実感してきたのか、弥生の頬が赤く色づく。その様子を、フロア内の誰もが、好ましく思っていた。

——大好きな文房具をやっと自分の手で形にできる。

一番大きな硬貨を握りしめるように、弥生は手を握りしめる。すると、子供の頃の気持ちを思い出し、気が引きしまった。

「うん。頑張ろう」

自分の夢見る文房具を形にすべく、弥生はデスクに向かう。そして、提出した資料を元に、再度企画を練りなおすことにした。

「最上。早速企画会議が始まるぞ。前の資料でいいから用意できるか？」

「もちろんです。すでに用意してあります！」

「気合入ってるな。よし、行けるか？」

「はい！」

元気よく返事をした弥生は、手持ちのパソコンを脇に抱えて立ち上がる。気合は十分。

弥生は意気揚々と上司の後について会議室へ向かった。思い出すのは先程思いだした過去の続き。

「ママ、見て。レインボーマーカーだって！　かわいいでしょ⁉」

「あらあら、また買ったの？　弥生は文房具が好きね」

「うん！　大好き。……いつか私も文房具を作れたらいいなぁ」

子供の頃の私に伝えてあげたいと思いながら、弥生は重たいパソコンを軽々と抱えて歩く。気合が入りすぎてなのか、それとも喜びからか、先を行く上司を追い抜き、小走りになってしまう。

――もうすぐ夢は叶《かな》うよ。

過去の自分にそう教えてあげたかった。

「文房具に感じるワクワク感、憧れを形にしたいと考えています。商品名は、『ｅｃｒｉｎ《エクラン》』。フランス語で宝石箱という意味です。これから発表する商品を宝石に見立て、大切な宝石（商品）の美しさをさらに引き立たせる存在として、この名をつけました。今回の売り上げがよければ、シリーズ化したいと思っています」

プロジェクターからスクリーンに表示された商品名を、弥生がレーザーポインターで一文字一文字なぞっていく。役職者会議のすぐ後に、弥生主体の企画会議が開かれ、新規文房具開発の第一次プレゼンテーションが行われている。商品名、ターゲットなど、開発コンセプトを具体的に提案していた。

「第一弾は、ボールペンです。ターゲットは女性。年齢層は、子育て世代、」

「子育て世代？」

話の途中だったが、常務が口を挟んできた。常務だけではない。その隣に座る社長も首を傾《かし》げていた。弥生の働く虹色文具は、ほかの大手文具メーカーのような大企業ではない。地方都市にある地元に密着した、中小企業。そう言った方が正しい。そのため、商品開発の際には平社員から社長まですべての上役が会議に出席することになっていた。

「はい。先程説明しましたように、ボールペン自体の性能は、既存のものと変わりません。私が今回際立たせたいものは、デザインです」

常務の厳しい視線に耐えながら弥生は説明を続ける。パワーポイントの画面を切り替え、ボールペンのデザインの説明に入る。

「働く世代の女性はもちろん、妊娠中の女性は母子手帳などの記入。出産後も予防接種の問診票など、ボールペンを使う機会も多いです。もちろん、その先も。慌ただしい子育て中、このボールペンを使う時、幸せを感じてもらえる。お仕事中、筆箱を開けた時に、ほんの少しだけでも気分が上向きになる。そんなボールペンを目指しています」

ここまでは以前プレゼンしたものとほぼ同じ。この先は弥生の考えをもとに、チームで練り直した新しい提案だ。パソコンのエンターキーを若干強めに叩く。すると、常務から発せられた重苦しいプレッシャーを和らげるような、三色のパステルカラーが表示される。

「三色展開を考えています」

パール地でピンク、グリーン、パープルの三色展開。デザインの詳細を説明し始めたところで、再度常務の〝待った〟が入った。

「うちみたいな中小企業にさ、初回から三色展開できるような予算があると思ってるの？」

「……けれども、このぐらいの選択肢があった方が……」

「あると思ってるのか、思ってないのか。そこを聞いてる」

「……難しいと考えています」

弥生の答えを聞いた常務が席を立つ。そして、それを合図に他の上役も席を立ち始めた。

「今日は時間切れ。次までにどうするか考えておいて」

「わかり、ました……」

会議室を出ていく上役たちに向かって弥生は頭を下げる。最後まで説明させてもらえなかった悔しさを噛《か》み締《し》めるように、弥生は手のひらをぎゅっと握りしめた。

初めてのプレゼンテーション。緑茶が好きで、新発売になったペットボトルの緑茶を端から買い込んでいる普段はおもしろい常務の違う顔。直属上司の哀れみの視線。どれも弥生が経験したことないものだった。

――子供の頃の私へ。前言撤回します。夢はそう簡単に叶わないそうです。

それでも次回の機会を与えてもらった弥生は、気持ちを切り替えるために無い小銭の感触を確かめるように手を握りしめた。プレゼン会場へ来る時は意気揚々としていて足取りも軽やかだったが、帰りは少しだけパソコンを重たく感じてしまった。上司の哀れみの視線を思い出し、ため息を零《こぼ》しながら自部署のドアを開ける。

「お疲れ様でした！」

「あ、まりちゃん……」

ドアを開けると同時に弾《はじ》けんばかりの笑顔で出迎えられ、燻《くすぶ》っていた気持ちがすっと昇華された。いつも笑顔で元気もよく、しかし仕事はきっちりとする真里のことを弥生はとても気に入っていた。

「どうしました？　顔色が悪いですよ？」

「あー……実は会議でばっさりやられちゃってね」

「もしかして、会議になると鬼になるという常務にですか？」

「そう。当たり。でも私が甘かったから仕方ないよね」

真里の笑顔で昇華されたもやもやが再燃し、弥生はそのもやもやを払うように少々乱暴に自席に座る。すると、真理がすぐにコーヒーをいれてくれた。礼を述べ、弥生はコーヒーを受け取る。鼻の中を刺すような煮詰まった香りがしたが、落ち込んだ弥生にはこのくらいの方がちょうどよかった。

「うーん……前途多難ってことかなぁ」

「あちゃー」

「わかってはいたことなんだけどね」

予算のことを指摘されるのは想定内だった。しかし、厳しい現実を実際に突きつけられると落ち込んでしまう。次までに打開策を見つけなければ。そう思った弥生は、もう一度資料を見直し、改善できるところを探す。見つかった検討事項に、お気に入りのマーカーペンで印をつけていく。そんなことをしていたらあっという間に退社時刻になっていた。検討事案をタイピングし、印刷する。そして、確認をしてもらうため、課長のデスクに花柄のメモとともに置く。

そして、少し慌ただしく帰宅準備を始める。

「あれ？　帰るんですか？」

「そう。今日はちょっとね」

毎週火曜日、十八時から。どんなに忙しくともこの三年間欠かすことのない約束が、弥生を待っていた。

2　火曜日、特別な時間

「こんばんは！」

ｃｌｏｓｅｄの看板を気にせず、弥生は店のドアを開ける。奥のスタッフルームから漏れる薄暗い明かりを頼りに、慣れた足取りで店内を進む。うっすらと鏡に浮かぶ自分の姿に最初の頃は恐怖を覚えたが、すっかり慣れてしまった。

今、弥生がいるのは、美容室『ＡＱＵＡ《アクア》』だ。地元の雑誌、時には全国誌に掲載されるほどの有名店。スタッフ全員の技術が一流なのはもちろん、対応もとてもいい。しかし、人気があるのにはそれ以外にも理由があった。

「弥生。お疲れ。早かったな」

「遅れたら旭《あさひ》さん、心配するじゃないですか」

「そうだな」

店長兼オーナー兼スタイリストの旭元《はじめ》が奥のブースから出てきた。そこにいるだけで、薄暗い店内がぱっと明るくなる。旭はそんな華やかな人物だった。特に、旭の容姿はかなり目を惹《ひ》く。柔らかな黒髪は一見無造作に見えるが、計算され整えられていることは誰もが知っている。意志の強そうな切れ長の瞳は、なかなか心のうちをのぞかせない。しかし、一旦接客に入ると、柔らかく緩み、極上の笑みを見せてくれる。旭の笑顔に虜《とりこ》になり、来店する客も多い。何を隠そう、弥生もその一人だからだ。そして、背も高く、手足も長い。一見細そうに見える身体《からだ》は実は男らしい筋肉に覆われていた。

「今電気つけるよ」

旭に見惚《と》れていた弥生は、スイッチの音で我に返る。照明がつき、店内が明るくなる。白を基調としているせいか、それとも旭のせいか。弥生は眩《まぶ》しさに目を細めた。

「座って。調子はどうだ？」

ナイロン製のケープを持った旭が、顎で弥生を誘導する。弥生は逆らうこともなく指定されたスタイリングチェアに腰掛ける。

「調子は悪くないですよ。頂いたシャンプーセット、いいみたいです」

「……うん、悪くなさそうだ」

忙しく働いた就業後も乱れないストレートの髪を掬《すく》い、旭が笑みを浮かべている。母が子供を慈しむような、はたまた愛しい恋人を目の前にしたような。誰もがはっとするような美しい笑みだった。

けれども、自分を褒められているのに、弥生は少しだけ不満だった。旭の視線と関心は、弥生の髪に一心に注がれている。鏡越しだが、目が合うこともない。それほど旭は弥生の髪に夢中なのだ。弥生はそれがとても嬉しくて、少しだけ辛《つら》かった。

今でこそ、自慢できる髪だが、昔の弥生はそれはもうスタイリングに苦労した。思い出すのも嫌になる過去だが、今は旭のおかげで払拭された。そして、髪に自信を持てた日から、弥生はずっと旭に恋をしていた。

旭の休日に二人で会っているとはいえ、その間に甘さは存在しない。

弥生は、旭にとってただの、〝カットモデル〟だ。

何度も告白を考えたが、二人きりの特別な時間が終わってしまうことが怖かった。

「今日はカット必要なさそうだな。ヘッドスパするから、シャンプー台に来て」

いつもどおりの長いヘアチェックが終わると、旭は目尻を下げてとろりと極上の笑みを浮かべる。接客の時とは違う優しい笑顔に、弥生は何度も勘違いをしそうになる。自分たちは、恋人でもなんでもない。何度も自分に言い聞かせる。弥生は今日もまた、この複雑な恋心に蓋をする。

少しの切なさを抱きながら、弥生は言われた通りにシャンプー台に向かった。

そんな弥生のしんみりと物悲しい気持ちなど知らない旭は、振り返ることなく準備を進めていく。その背中に「いーだっ」と歯をむき出しにしていると、奥のスタッフルームから足音が聞こえてきた。

「あれ、元さん。どうしたんすか？」

「……小林《コバ》」

思いのほか大きな声に、弥生はびくりと身体を強《こわ》ばらせた。弥生と同じ年頃の男性スタッフが顔を出し、シャンプー台に近寄ってきた。

「もしかして、シャンプーっすか？　俺がやりますよ！　今日雑誌の取材があって疲れたんじゃないスか？　遠慮しないでください！」

「コバ」

シャンプー台に腰掛ける弥生が二人を見上げる。そんな中、コバと呼ばれた男と一瞬目が合う。その瞬間、男が弥生に視線を合わせるように腰をかがめた。

「うわ、髪めっちゃキレー！」

「……」

男の顔が目の前に寄せられる。呼吸をするとお互いの吐息が混ざり合いそうな程近い。パーソナルスペースにいきなり入り込まれ、弥生はたじろいだ。後ろに下がりたくても、下がる場所もない。

「しかもめっちゃかわいい！　ほら、アレっすね……アレににてる！　ほら、小鹿のアニメ！　ねっ！　ちょっとつり目で目がくりくりしているところとか！」

「あ、あの」

弥生の真似《まね》だろうか。男がけたけたと笑いながら自身の目を指で少し釣り上げる。男の大きな身体に圧迫され、弥生は恐怖を感じ始めた。弥生自身あまり気にしたことはないが、客観的に見ると弥生は小柄らしい。線も細く、背も百五十二センチしかない。同僚の真理は「つり目気味の二重の瞳は吸い込まれそうに大きくて、瞬きをするとまつ毛の長さのせいかパチパチと可愛らしい音が聞こえてきそう！　うらやましい！」と、褒めてくれるが、美人にはほど遠い、いたって平凡な女だった。しかし、その平凡さが親しみを生むのか、こうして軽薄そうな男に声をかけられることが多々あった。

「ねね、俺今さ、カットモデル探してて！　もしよかったら……」

弥生の戸惑いを知らない男の手が、弥生の髪を撫《な》でようとした時。

「コバ。必要、ない」

大きな手が、男の手を阻む。

旭にして、珍しく硬い声だと弥生は思った。阻んだ手の主を、弥生と男の視線が追う。

旭は無表情に男を見つめていた。先ほどの笑顔の欠片《かけら》すら見当たらない。男の手を掴《つか》む旭の手の甲に、太い筋が浮かんでいる。痛みのせいか、男の顔は少しずつ歪《ゆが》んできた。その時、視線を遮《さえぎ》るように大きな手で顔を覆われると、弥生はそのままぽすんとシャンプー用のイスに倒された。

「……俺の担当だから」

「……あ、は、は、ハイ。さーせんした」

旭の手で覆われているため、何が起きているかわからない。けれども、空気が一瞬で冷たくなった。店内は暖かいはずなのにと、弥生は腕をさすった。

少し遅れてバタバタと男の足音が遠ざかっていった。

「邪魔が入ったな。悪かった」

顔には、旭の大きな手。それが無くなりガーゼが掛けられる。温かくて分厚い手が薄っぺらいガーゼに変わり、少しだけ心細さを覚えた。けれども、手のひらを握って開いて。心細さを隅に追いやる。

「いいえ、大丈夫です」

弥生は精一杯元気そうな声を出す。

「……そうか」

旭の纏《まと》う空気が柔らかくなった。弥生は寂しさを覚える。本当は不安でたまらなかった。〝ただのカットモデルなんだから、余計な心配をかけちゃいけない〟弥生は心の中で呟《つぶや》く。

それでも弥生にとって週に一度の旭との時間は、絶対に続けたい、かけがえのないものだった。そんな弥生の思いとは裏腹に、旭の施術が進んでいく。いつしか不安は消え去り、心地よさが弥生を包み込んでいた。

「お湯の温度は問題ない？」

「はい……とっても気持ちいいです」

「そうか」

先程の硬い声とは真逆の、柔らかなバリトンボイスが弥生の鼓膜を震わせた。シャンプーのために顔を近づけているのか、鼓膜を超えて脳髄にまで声が響いた。旭は、顔もよければ声もいい。距離の近さに、弥生の鼓動が急に早くなった。先程の男には持てなかった感情。人が違えば、こんなにも違うものかと弥生はそっとため息をついた。

「頭皮が少し硬いな……疲れてるのか？」

「……はい。私が提出した商品が……企画会議を通ったので……今忙しくて……」

これ以上ない優しい力加減で洗われる。すると、胸の高鳴りなどどこへやら、眠気が弥生を手招きしている。ガーゼの下に隠された目の瞬きの回数が増える。旭が何か話しているが、大好きなバリトンボイスが遠くなっていくのを弥生は自覚していた。もっと話していたい。もったいないと思いつつも眠気には抗《あらが》えない。

「……眠いなら寝ていいぞ」

「……は、い」

最後に聞こえた言葉は、囁《ささや》くような小さな声だった。耳元に息を吹きかけられたような気もする。しかし、弥生はそれが眠りに落ちる前の自分の妄想だと思うことにした。

「おやすみ」

小さな音と耳に感じたぬるい感触も、きっと夢だろう。夢でも嬉しい。そんな想《おも》いを大切に抱えた弥生は、誘われるまま夢の世界へと旅立った。

『優秀なスタッフが多数います！　新規オープン！』と書かれたチラシと、「絶対にうまくいくと思いますよぉ～」と、語尾を伸ばして話す馴《な》れ馴《な》れしい美容師を信じた自分を殴り飛ばしてやりたい。不自然なまでにセンターできっちり分かれる前髪と、『J』を描く毛先を真《ま》っ直《す》ぐにしようとしては失敗を繰り返し、弥生は苛立《いらだ》ちを感じていた。

生まれつき厄介なくせ毛を弥生は持っていた。問題は毛先と前髪だった。決まらない髪に、弥生はいつも苦労していた。

まとまらない髪の毛をどうにかするべく美容室を渡り歩いて早十数年。たどり着いたのは先日オープンしたばかりの美容室。エグゼクティブスタイリスト（指名料プラス二千円）にカットしてもらった。

後ろ髪を前に持ってきて重みを出した前髪だったが、やはりセンター分けになっている。かかりすぎたように思えるくるくるパーマは、朝の始業時間に間に合わないほど、スタイリングに時間を必要とした。決して器用でない弥生にとって、地獄のような日々だった。

「なぁーにが、うまくいくと思いますぅー！　よ！　何一つうまくいかないじゃない！」

洗面台の鏡に向かって弥生は悪態をつく。

結局パーマを優雅にまとめることができず、弥生は前髪をピンで留《と》める。ストンと降りた髪への憧れを捨てきれないまま一つ結びにした髪を揺らす。毎朝、駅ですれ違うサラサラストレートヘアの女性を見つけるたびに、弥生は羨《うらや》ましいと心が痛んだ。

弥生と旭の出会いはそんな時だった。歳月にして三年前。弥生が新入社員として働き始めて半年が経《た》った頃だった。

「そこの女の子！　止まって！」

文房具の開発を夢見て入社したはずが、今日も営業のアシスタントに駆り出された。一日中歩き回り、弥生はクタクタだった。ズレた前髪のピンを直す暇もなく、一つに結んだヘアゴムも緩んでいた。最悪だと肩を落としながら帰宅していた時、背後から声をかけられた。

初めは自分に声をかけられているとは思わずに、弥生は振り向かなかった。けれども疲れた身体にパワーがみなぎってくるような素敵な声だった。一日の終わりに聞けた素敵な声に、弥生はほんの少しだけ気分が上昇した。

――耳から脳髄に響いてくるいい声だわ。こんな素敵な声で呼び止められるなんて。相手の人はラッキーだわ……。

完全に他人事《ひとごと》だった弥生は自宅に帰るべく、歩みを止めなかった。

「おい！　無視するな！」

――ええ？　こんないい声を無視するなんて。まったくどこのだれ？

「っつ、捕まえた！」

後ろから肩を引かれ、弥生は初めて自分が呼ばれていることに気がついた。目を丸くして振り返ると、質のいいシャツが目に入った。背の高さの違いに気がついた弥生は、遅れて視線を上げる。

「……やっと見つけたと思ったら、なんだそれは……」

――イケメンだ。

目を見張るほどのイケメンだった。けれども、意志の強そうな切れ長の瞳が細められ、何故《なぜ》か怒っているように見えた。見覚えのないイケメンに、弥生は距離を置く。なぜだかわからないが、とにかく謝ってこの場を離れたい。そんなふうに思ってしまうほどの迫力が目の前の男にあった。

「ご、ごめんなさ」

「いい。とにかくこっちに来て」

悲鳴もあげる暇もなく、弥生の腕が引かれる。疲れた足は踏ん張りが利かず、ずるずると男の進む方向に動いてしまう。

「あの、わたし、」

「ったくどうしたらそんなひどいことになるんだ」

お金なんて持ってないし、悪いことしてませんと何度も訴えるが、男の耳には届いていないようだ。ぶつぶつと何かを呟いている。全体を切り落として……と聞こえてきた時には、自分の人生終わった、と諦めの境地だった。

――お父様、お母様、お姉ちゃん。私は全身を切り落とされてどこかに売られるようです。可愛がってくれてありがとう。ただ欲を言えば一度くらい文房具を作ってみたかったなぁ。

と、家族へ思いを馳《は》せながら見知らぬ男に引きずられる。どこかに売り飛ばされるのだろうかと自分の人生の不運さを呪っていた。

しかし、弥生の思いとは裏腹に、たどり着いた場所は、ガラス張りでどこか既視感のある場所だった。

「……え？」

白を基調としたカウンターには、『祝、開店』と書かれた胡蝶蘭《こちょうらん》が置いてあった。ファッション誌がずらりと並べられた本棚、真新しいシャンプー台。大きな鏡の前に並べられた椅子が六つ。

見るからに洗練されたスタイリングチェアは、座り心地がよさそうだ。

つまり、ここは。弥生は出した結論を口にしていた。

「美容室」

「そう。明日オープンなんだ」

そう言って男は、真っ白いタオル片手に弥生を店内に案内する。

「……座れる？」

「あ、はい」

本気で全体的に身体を切り落とされるのかと思っていた弥生は、ほっと安堵《あんど》のため息をつく。そして、緊張が解けた弥生は、男の言うことに素直に従った。言われた通りチェアに腰掛ける。優しく身体を包み込むような感触に、思わず全身を預けた。脱力しているとくるん、と九十度椅子が動く。すると、くたびれた自分と目が合った。

　思った以上にひどい顔をしているなと眉間に皺《しわ》がよる。すっかり崩れたメイクでは隠しきれない隈《くま》が気になり、鏡に顔を近づけようとした。

「っあ！」

「すまない。ちょっと動かないでくれるか」

　髪を強めに引かれた。痛みはまったくなかったが、驚きのあまり、声がでてしまった。すると、背後で低い声が響く。その声に弥生は思わず姿勢をした。有無を言わせない声色だった。

「少し傷んでいるが……素材はとてもいい」

　ぶつぶつと呟く声に耳を傾けつつ、弥生はくたびれた自分とにらめっこしていた。段々とにらめっこにも飽き、背後で弥生の髪をじっと見つめる男を鏡越しに盗み見る。

「……綺麗《きれい》だな」

　弥生の髪の毛をひと房持ち上げている男の口元が緩む。極上のイケメンスマイルは、鏡越しでも強力だった。ぼっと顔が赤くなるのを自覚して、鏡から顔を逸《そ》らした。が、髪を持たれているのを忘れていた。

「いたッ！」

「っ！　大丈夫か⁉」

「うえっ！　だ、だ、大丈夫、です」

思い切り顔を動かしたせいで、自分で自分の髪を引っ張る形になってしまった。痛みで叫んでしまい、男が驚いた様子で声をかけてくる。それがまた耳元だったため、弥生は慌ててしまった。

——ああ、もう。挙動不審すぎる！

「なあ、名前は？」

「へ？」

弥生が羞恥で悶《もだ》えつつ俯《うつむ》いていると、不意に名前を聞かれた。

「なまえ」

「あ、と。最上弥生です」

「ふーん。ヤヨイチャン」

「なんで、しょうか」

クッションの効いた椅子の背もたれに男が体重をかけてくる。弥生の緊張を表すように、椅子がぎしっと嫌な音を立てた。褒めてもらった髪はまだ男の手の内にある。

「俺は、旭元。ここの美容室の店長兼オーナー」

「は、はぁ」

「ヤヨイチャンさ、俺のカットモデルにならない？」

「え？　このどうしようもない髪で？」

「あさひはじめ」と名乗った男は、人好きのする営業スマイルを浮かべていた。弥生のど

うしようもない髪に好まれる要素などない。そう弥生が口にした瞬間、旭は声を上げて笑い出した。

「な、な、」

「どうしようもない、か……」

涙目になりながら笑う旭に、弥生はむっとする。長年の悩みを笑われたようで悔しく思った。

「……ずっと、うまくいかなくて」

「だろうな」

ひとしきり笑った旭が、また弥生の髪を一掬いする。そして、何を思ったのか、その毛束に唇を落とした。

「っ⁉」

「いい髪質だ。太くもなく、細くもない。少しお疲れのようだが、手入れしてやればどこまでも綺麗になれる。無限の可能性を秘めている」

どうだ？　と、鏡越しの瞳が語っていた。はっきり言って、美容師に期待など持てない。十数年の美容室通いで弥生はそう結論づけていた。それでも、どうしても、綺麗にまとまった髪への憧れは捨てきれなかった。

「……こんな髪でも、何とかなりますか？」

「任せろ」

自信満々に答える旭は、今までの美容師とは違うように思えた。何度も失敗しているが、もう一度だけ信じてみよう。きゅっと膝の上で拳を握る。そして、小さな声でお願いしますと弥生は呟く。

「よし」

頼もしい声が、弥生の耳をくすぐった。きっとこの人なら大丈夫。そう思わせてくれる声だった。

カットモデルに同意してすぐ、シャンプー台に押し倒された。高そうな革張りのソファ、そして、見るからに真新しいシャンプー台に戸惑っていたからだ。言い方に語弊があるかもしれないが、本当にその通り、押し倒された。

「ちょ、あさ、旭さん」

「いいから」

首にタオルを巻かれ、顔にガーゼを被《かぶ》せられた。そしてすぐに心地よい温度のお湯がゆっくりと頭にかけられた。

「熱くありませんか」

「……大丈夫です」

ガーゼを被った状態で話すのは気恥ずかしい。弥生は小さな声で返答する。そこからあまり会話はなく、しゃわしゃわと髪を洗われる音だけが弥生の耳に入ってきた。ＢＧＭも何も無い店内は静かだ。その分、頭皮と髪を洗う音が余計に響いている。大きな手で撫でるような。けれども絶妙な力加減で洗われる。今までの美容室ではシャンプーは新人が担当することが多く、何となく洗い足りない、あと少し上を洗って！　などと思うことがあった。しかし、旭のシャンプーは違った。大きな手で頭全体を包み込むように洗ってる。どこもかしこも丁寧に揉《も》み解《ほぐ》され、とても心地がよかった。まるで抱きしめられているような心地よさにうっとりしていると、自然と瞼《まぶた》が下がってくる。

「流します」

「ふぁい⁉」

仕事の疲労と心地よさが相まってまどろみの中を行き来していた意識が低い声で一気に戻される。驚きにびくりと体が跳ねる。おそらくだらしなく口を開けていただろう。しかも変な声が出てしまった。初対面の人に見せてしまった痴態に、弥生は身を縮こまらせる。けれども、旭は何も言わず、シャワーで泡を流していく。温かなお湯が、仕事の疲労と今起きた痴態を洗い流していく。そんな気すらしてしまった。

「……きもちぃぃ」

ぽつ、と漏らした本音が静かな店内に響く。思いの外甘ったるい声になってしまう。せっかく洗い流した気恥ずかしさが蘇ってくる。弥生は再度身を縮こませた。

「……それはよかった」

弥生の緊張に気づいているのか、旭の声はとても穏やかなものだった。水の流れる音が響く。お互い何も話さなかったが、居心地のいい空気が二人を包んでいた。弥生は旭の作る空気に身を任せ、再び目を閉じた。しかし、その心地よい時間はすぐに終わってしまった。上半身が起き上がっていく感覚に、弥生の眠気が少しずつ覚めていく。

「これからが本番だから」

「……そうでしたね」

すべてを見透かすような瞳に見つめられる。弥生の返答は、か細いものとなった。まるで何処《どこ》かの国の貴族のようなエスコートを受け、弥生はスタイリングチェアに案内された。ケープをかけ、スタイリングの相談が始まると思った時だった。

シャキン、とはさみの音が思いの外《ほか》近くで聞こえた。鏡を見ると、背中の真ん中まであった髪の半分以上を切られていた。一番短い髪の長さは、顎がほんのり隠れる程度だ。

「えっ！」

「どうした？」

「そ、そんなに切るんですか!?」

弥生が抗議する間も、旭のハサミは止まらない。しゃきしゃきと小気味よいテンポで弥生の髪が短くなっていく。

「当たり前だ。下手くそな美容師の痕跡は欠片《かけら》すら残していたくない」

旭の言葉に、単純な弥生は胸を高鳴らせる。聞きようによっては、弥生は自分のものだと宣言しているようにも取れるからだ。

「……っ、私、こんなに短くしてもらったことなんて」

「大丈夫。任せろ」

話は終わりだ、とばかりに、ハサミのテンポがあがる。弥生の髪に注がれている視線は真剣そのものだった。そんな旭の動きを弥生はじっと見つめる。

笑顔でおしゃべりと言えば聞こえばいいが、薄っぺらい会話と作り笑い。美容室でルーチンのように行われる接客が弥生は苦手だった。旭はそういったことを一切しない。まるで弥生が望んでいないことを最初から知っているようだった。

旭はよほど集中しているのか、弥生の視線に気づかない。

「……よし」

さささ、とケープに落ちた髪を払い旭がつぶやく。旭に見惚《みと》れていた弥生はカットがいつの間にか終わっていたことに気づかなかった。

「ドライヤーをかけていきます」

美容室特有の大きなドライヤーの風がふんわりと弥生の髪を舞いあげる。切られた髪がふわふわと舞い散り、本当に切られたんだなぁと少しずつ実感した。

「乾かす時は後から前へ。それを徹底して。前から乾かすと、つむじのせいで跳ねやすくなる」

ふぁい、と返事した声はまた甘ったるい声だった。ドライヤーの熱風と旭の大きな手で撫でられる。心地よくて弥生はされるがままになっていた。

「終わったぞ」

髪をブラシで整えられ、弥生は初めて鏡の中の自分と対面した。セミロングよりも少し短め。首筋が顕《あらわ》になり、少しだけ居心地の悪さを感じた。ほぼセンター分けになっていた前髪は、つむじを生かして斜めに流されている。いつも『J』の字を描いている毛先は、くるんとお行儀よく内巻きになっていた。

「すごい……」

まとまらない髪はどこに行ったのか。思わず椅子から立ち上がり鏡の中の自分と手を合わす。

「髪の生えぐせとつむじの位置。それをちゃんと理解していればこんなの簡単だ」

白いケープを畳みながら、旭はそう言った。弥生は、自分の姿が信じられず、右、正面、左と何度も鏡をのぞき込む。恐る恐る髪に指を通してみると、絡みもなくさらさらと指の上を滑り落ちていった。

「……あさひさん、すごい」

「だろう?」

弥生はくるりと振り返る。一歩進んで背中を向けていた旭のシャツを摑む。

「すごいです！　私、こんなふうになれるんですね」

「……は?」

ぐいぐいとシャツの裾を引く。振り返った旭は呆《あき》れたように目を細めていたが、弥生には関係なかった。どうしてもこの感動を伝えたかった。

「私の髪、ほんとに、どうしようもなくて……うれ、嬉しいです」

艶の出た髪に指を差し込み、指通しをする。今度もどこに絡むことなくさらさらと首をくすぐった。

ずっと憧れていたストレートヘア。小さい頃は可愛いと褒められたくせ毛も、大人になればコンプレックス以外の何物でもなかった。そのコンプレックスから解放された弥生は、その感動を口にするはずだった。しかし、感極まってしまい、先にじわりと涙が浮かんでくる。それと同時に、声も震えた。

「……あり、ありがとう、ございます」

すん、と鼻をすすって涙が落ちるのをこらえる。情けない姿を見られないようにと俯いていると、頬を何かが撫《な》でた。

「……？」

「こんなに喜んでもらえるなんてな」

弥生のどうしようもない髪を美しく変えてくれた魔法の手が、弥生の涙をすくい上げた。そっと顔を上げると、説明のしようのない表情をした旭がいた。

困ったような、戸惑っているような、喜んでいるような。説明する語彙力を弥生は持ち合わせていなかった。けれども、嫌がっていないことだけは伝わってきた。

「喜びます。嬉しいから」

よしよし、と頭をなでられる。近い距離に弥生は一瞬身構えたが、旭の強ばった表情が緩むのを見て、居ずまいを直した。先程の表情の真意はわからないが、旭の笑顔を見て、弥生の頬も自然と緩む。

「ヤヨイチャン、仕事してるの？」

「はい！　文房具メーカーで働いています」

「土日休み？」

「はい」

「平日は何時まで仕事？」

「えっと。基本残業はあまりないので、十八時にはほとんど出られます」

「じゃあ、毎週火曜日仕事終わったらおいで」

え！　と弥生は驚きの声をあげる。しかし、旭は気にした様子もなく、弥生のバッグを渡してきた。

「あの、私」

「来れない時はここに電話して」

　そう言って旭はカウンターにおいてあった名刺を一枚弥生に渡す。

「……ＡＱＵＡ《アクア》」

　深海のような深い青で書いてあるシンプルな名刺。その下に十一桁の番号が書かれている。

「そ、店名。これが店の番号ね」

「あっ、お代！」

渡されたバッグの中から財布を取り出そうとした。しかし、その手はすぐに制された。

「俺が好き勝手やった結果だから。これからも手入れさせてもらえればいい」

「……でも」

「いいから。あ、これも持って帰って」

そう言って旭が取り出してきたのは明らかに高そうなヘアケア用品だった。

「使い方、聞いてくよな」

有無を言わさない声色に、弥生は首振り人形のように首を縦に振るしかなかった。毎週火曜日。カットモデルとスタイリスト。単調で忙しかった日々にほんの少しの非日常が紛れ込んだ。

3　日常の中の非日常

「弥生」

　低い声が目覚ましとなった。気がついた時には、ヘッドスパが終わっていたようだ。横になった身体を起こすと、頭から首にかけて凝《こ》り固まっていた筋肉が解《ほぐ》されたのか目がスッキリしていた。

「寝ちゃってました」

「静かになったからそうだと思ってた」

　広々としたシャンプー用の椅子から降りる際、旭が手を差し出してくる。弥生は何の疑いもなく旭の手を取る。そして、そのまま鏡の前まで誘導される。

「カットはいらないから、このままブローしていくな」

「はーい！　あ、そういえば！　さっきは途中になってしまいましたが、私、今度企画を任されることになったんですよ！」

　温風を心地よく感じながら、弥生は近況報告をする。予算編成でダメ出しをされたと愚痴っていると、ブローが終了した。

「よかったな。弥生の頑張りは俺がよく知ってるから」

　サラサラになった髪をわしゃ、とかき乱される。これは旭なりの励まし。この三年間、弥生は幾度となくこの励ましの世話になっていた。

「頑張りますー！　あの……次回でいいんですが、私、髪を短くしたいなって……」

「却下」

　さらさらで首元をくすぐる軽やかなロングヘア。今の髪型を気に入らないということではない。先ほどのうたた寝の時に、初めて旭に切ってもらった日のことを夢で見た。弥生はもう一度あの感動を味わいたいと思い旭に申し出る。しかし、すぐさま拒否されてしまった。このやり取りは初めてではない。幾度となく繰り返されていたが、旭の答えはいつも同じだった。

「長い方がアレンジ効くだろ？　それに……」

「……それに？」

　弥生が小首を傾げる。旭は二度三度口をパクパクさせる。しかし、なんでもないと旭が弥生の額を小突いた。痛みはまったくなかったが、弥生は納得がいかなかった。

「いつもはぐらかされてる気がします……」

「そう思うならそうなんだろ」

　旭は、この話は終わりとばかりにカウンターに移動する。弥生はいくつか抗議の言葉を口にするが、何も返答はない。今回も弥生の負けだった。

なぜ切ってくれないのだろう。最初に会った日は何の戸惑いもなく切っていたのに。そんな弥生の想いを完全に無視した旭がバッグを手渡してくる。鏡越しではない旭の顔を弥生はじっと見つめる。

整った顔からは彼の考えは読み取れない。まあ、仕方ないとバッグを受け取った。

「弥生、明日は早い？」

「……フレックス出勤ですよ」

「よし、じゃメシでも食いに行くか」

待ってましたとばかりに弥生は拳を握りしめる。髪の手入れは基本的に無料だ。その代わり、こうして食事に行き、弥生がご馳走《ちそう》する。三年の間に自然に生まれた約束事だった。弥生から積極的に誘うのは気恥ずかしく、旭の気まぐれで時々食事に誘われるのを待つ。その時は絶対に応えられるように、水曜日は出勤時間を調整できるフレックスを出来るだけ利用するようにしていた。

「何にします？」

「あー……今日は和食な気分だな……」

「いいですね！」

三年の不毛な片思い。旭は、弥生の髪だけを愛している。けれども、その枠を少しだけ超えた特別な時間が弥生にとって、かけがえのないものだった。

「お、この角煮うまいな」

「あっ！　それ私の！」

からしをたっぷりつけた角煮が旭の口の中に消える。弥生が最後まで取っておいた大好物だと知っていたにも拘《かか》らず。口の中で溶けて無くなる肉を想像していたのに、目の前で奪われた。弥生は旭のシャツを引いて抗議した。旭はにやにやと笑っており、わざとだということが容易に想像できる。

「まだあるだろう？」

「私は今旭さんが食べたのを食べたかったんです。もう！　絶対とろとろだった……」

「気が合うんじゃないか？　俺たち」

弥生が大げさに悔しがっていると、旭がさらりと、とんでもない言葉を放ってきた。冗談だとわかっていても、タチが悪い。弥生の思いを知らないとはいえ、冗談でもやめて欲しい。そう思って弥生は、口を噤《つぐ》む。

旭の選んだ店は、旭行きつけの小料理屋だった。ふくよかな女将《おかみ》が一人で切り盛りしているこぢんまりとした店で、カウンターの上に置いてある料理を客が自分で取っていく。料理代として二千円、後は酒代のみという何とも大雑把な店だ。しかし、利用している客層はどこか身なりのよい人物ばかりだ。時折旭に「久しぶりだね」などと、明らかに身なりのいい人物が声をかけてくることもあった。対する旭も相手に対して物怖《ものお》じすることもなく、朗らかに対応をしていた。

美容師の顔の裏に、旭は何かを隠し持っている。しかし、ビールをちびちびと飲みながら美味《おい》しい食事を好きな人ととる、ささやかだけれども幸せな時間を弥生は余計な詮索で壊したくなかった。

「これから忙しくなるのか？」

日本酒を口にしながら旭が弥生に尋ねる。再度女将からもらった熱々の角煮を頬張りながら、弥生は頷《うなず》いた。

「ふぁい。あひっふ、」

「飲み込んでからでいい」

弥生がほがほがと角煮の熱を逃がしている様子を見た旭が、くつくつと笑っている。その笑顔は、美容師としての旭ではなく、素の笑顔のように思えた。

「ん、ん。そうなんれふ。忙しくなりそうです」

「そうなんれふね」

弥生の口調を真似《まね》た旭に、弥生は急いで角煮を飲み込む、そして小さく頰を膨らませた。

「真似しないでください」

「はいはい。忙しいだろうとは思うけど、身体、壊すなよ」

「もちろんです！」

整えたばかりの髪をくしゃくしゃにされ、きゅんとときめいてしまう。見目もよく、思いやりもあるけれども、どこかミステリアス。

そんな男性に髪を切ってもらっている。プラス、恋をしている。

身の程知らずもいいところだ、と時折自身を戒める。時々だからと言い訳をしながら、こうして弥生は旭と一緒にいる時間を楽しんでいた。

「でも、大変だろう？」

「ぜん、ぜんっ！　大好きな文房具を作れるんですよ！　楽しみで仕方がありません！」

予算にケチをつけられたくらいなんだ！　そう意気込んで弥生は煮卵を箸で刺す。けれども、つるつるの卵はコロコロと皿の上を転がり、弥生の攻撃をかわした。

「行儀が悪いぞ」

「はーい」

弥生は卵の真ん中に箸を落とし、半分に割る。ふんわりと湯気があがる卵を目の前にして、口の中に唾液がこみ上げてきた。早く口に入れてあげようと、熱々の卵を箸で挟む。するると、左側から、もうひと組の箸が伸びてくる。

「あっ！」

「いただき。弥生も学習しねえなぁ」

くつくつと笑いながら、弥生が切った卵を旭が口にする。まるで恋人のように共有するこの時間は、弥生にとってかけがえのないものだった。

旭がこの時だけ見せる、スタイリストではない顔を弥生はじっとみつめる。いつかきっと終わってしまうだろうこの時間を、大切にしたかった。

そんなふうにほんの少しの邪《よこしま》な思いを抱えてしまったからだろうか？

弥生の酒は随分と進んでしまった。店を出て、一歩踏み出すと、危ない足取りになっていた。

「飲みすぎだ」

「いえ、全然。酔ってません」

かつ、かかん、こつ。少しでもオシャレにと背伸びしたヒールで地面を叩《たた》く音はかなり不規則だ。弥生の足元はおぼつかない。何度か電柱にぶつかりそうになり、寸でのところで回避する。

「弥生！」

「はい！　大丈夫です！　問題ありません！　最上弥生、帰ります！」

酔った頭でも、理性だけは残っていた。これ以上迷惑をかけられないと弥生は敬礼のポーズを取って旭に宣言する。幸い弥生の自宅まで二駅。何とか駅まで歩いてきたので後は電車に乗るだけだった。

「……あの、なぁ。そんなフラッフラで帰れるのかよ」

「め、迷惑かけてすみません。でももうだい……」

じょうぶ。と口にすることはできなかった。旭が弥生の腕を取り、思い切り引いたからだ。旭は弥生の先を歩く。駅からどんどん離れていく。どこに行くのだろうと思いつつも不安はなかった。

「あさ、あさひさ」

呼びかけるが、酔っているせいで呂律《ろれつ》が回らない。このときやっと、弥生は自分が酔っ払いだと自覚した。

先程まで不規則だったヒールの音が、規則的に、かつ早いリズムを刻む。旭のペースで歩くのは少しだけ辛《つら》かった。けれども、どこへでも連れて行ってと、的はずれな恋心が発動していた。

駅から離れた大通りに出た旭が手を上げた。平日のせいか、すぐに一台のタクシーが止まった。自動ドアが開いた瞬間、弥生の身体は押し込まれた。ああ、お別れかと少し寂しくなった。しかし、思惑は外れた。

小さくため息をついて、別れを惜しんでいると、大きな身体が入り込んでいた。

「河北三丁目」

旭が住所を告げる。弥生のアパートがある住所だった。河北三丁目ですね、と少ししゃがれたタクシー運転手の声とともに車はゆっくり発進した。

「あさひさん」

「そんなふらふらな足取りで帰せるか」

旭の背は、弥生が見上げるほど高い。おそらく百八十センチはあるだろう。そんな大きな大人の男と後部座席に座ると、三人がけとはいえ肩が触れ合いそうなほど距離が近い。触れそうで触れない距離がなんとも言えない緊張感を生む。

狭い空間に旭と二人きり。初めての出来事に、弥生の酔いはすっかり冷めてしまった。嬉しいのに、早くこの場から立ち去りたい。弥生は言葉にできない感情を抱いていた。

手を何度も握っては開き、握って開く。ちらちらと左隣に視線を投げ、寒くもないのに腕をさする。どきどきと高鳴る胸の音が旭に聞こえてしまったらどうしようと、意識するあまり、傍《はた》から見たら挙動不審な行動を取ってしまう。ただひたすら、時間よ早く過ぎろと祈りながら、ヘッドレストとドライバー席の隙間から運転手の後頭部を凝視する。

その時、冷たい感触が弥生の左耳をくすぐった。

「っ！」

緊張でこわばった身体が跳ねる。壊れたからくり人形のように、弥生はぎこちなく左を向く。

冷たい感触の正体は、旭の指だった。太くて、大きくて、ゴツゴツした男の人の手だ。いつもシャンプーやらカットやらで弥生に触れる時と違い、ゆっくりとした動きで弥生の耳を撫でていた。

「あさひ、さ」

「……」

弥生の口から戸惑いがこぼれる。それを無視するように、旭の指が弥生の髪を梳《す》く。旭が手入れをした日は、何があっても髪は美しいままだ。それを象徴するようにさらさらした感触が弥生の頬をくすぐった。

何度か同じことを繰り返される。いつもは髪に注がれている視線が、今はしっかりと弥生を映していた。狭い空間に車のエンジン音が響く。

「……ん、」

旭に触れられると気持ちよくなってしまう。それは今も変わらない。思わずいつものように口に出してしまいそうになった。慌てて両手で口を塞ぐ。

「なに？」

「ん、なんでも、ありません」

思わず、旭への思いが口からあふれ出そうなる。それはだめだと、弥生は必死に自分に言い聞かせていた。旭は、弥生の髪を気に入っているだけだと。

「……いいな。やっぱり」

くん、と左から髪を引っぱられる。その力に逆らう間もなく、身体も左に傾いた。ちゅ、と小さな音が車内に響いた。

「……っ」

「あー……。俺、酔ってるかも。悪い」

旭が唇を落としたのだと気がつくのには時間がかかった。何故かというと、弥生の触覚を持つ部分に唇が落とされたわけではないからだ。

旭はすくい上げていた弥生の髪にキスをしていた。初めてあった時以来のキスだ。

先程からばくばくと高鳴りを続けていた心臓が急に落ち着いた。そうだ、旭は弥生の髪

バカだったと思い出したからだ。はぁ、とこれみよがしに大きなため息をつく。そして、言わずにはいられないイヤミを左隣に座る旭に向けて吐いた。

「あさひさん、私の髪好きですよね」

「当たり前だ。三年かけてここまで育てたんだ！　好きに決まってるだろ」

相変わらずの髪バカめ！　と弥生は心の中で悪態をつく。私のドキドキを返せ！　と付け加えるのも忘れなかった。

「そうですよねー。大好きですすもんねー」

「なんだ。いまさら。俺のおかげで弥生も助かってるだろ？」

「はいはーい。そうです！　そうですよぉだ！」

自分の髪に嫉妬したなど初めてではない。けれども、ライバルが自分の髪だという事実に、弥生はまた肩を落とした。

4　さよなら。非日常
「ううう」

「あれー？　先輩。どうしました？　唸っちゃって」

「まりちゃん！　ランチ行こ！　ランチ！　前のカフェの美味しいキッシュが食べたい！」

「ええ～？　私今日お弁当なんです。なのでいけませぇん」

ピンクのチェック柄のバンダナに包まれたお弁当箱をチラつかせながら、真理はケラケラと笑う。女子力全開め！　と吐き捨て、弥生は財布を持って立ち上がった。

「行ってらっしゃーい」

「何かあったらスマホに連絡ちょうだい！」

真理に見送られながら、弥生はランチに向かうため職場を後にした。頭の中は、午前中の会議で指摘された出来事でいっぱいになっていた。

思い出すだけで自身への苛立ちと、周りからのプレッシャーに押しつぶされそうになる。しかし、弥生は切り替えも上手だった。道路を挟んで職場の前にあるカフェの平日限定季節のごろごろ野菜と厚切りベーコンの特大キッシュ。これから頑張る自分へのご褒美を想像しながら、弥生は午前中の会議の内容を反芻《はんすう》した。

本日の午前中、第二回企画会議が開催された。弥生は『ｅｃｒｉｎ』のカラー展開についてもう一度説明した。

「一色展開……ですか?」

「うん。最上君は初めての企画だろう? 実用性はもちろん問題ないんだが、デザインにこだわったものっていうのはうちとしても冒険なんだ。予算も厳しいし。売れ行きがよかったら新色を出そう」

口調は穏やかだが、腕組みをした専務がきっぱり言い切った。弥生は食い下がり、三色展開のメリットを説明する。

「ピンク一色だと、大人の女性は敬遠してしまうかもしれません」

「それさぁ。最上くんが言ってることと相反してるって気がついてる?」

それまで静観していた常務が持っていたボールペンで弥生を指す。弥生は言われていることが一瞬理解出来ず、口篭《くちご》もる。

「憧れの文房具を買った時のワクワク感。はじめて紙に書く時、少し緊張する。そして、ペンケースを開けた時にほんの少し幸せになるような。そんなデザインのボールペンを作るんでしょ?」

「……はい」

「カラー展開が少ないから売れない。言い訳が先行するそんなのものを作る理由、ある?」

かん、かん、と常務がボールペンの天ビスで机を叩く。常務の背後から出る見えない圧力を感じて、弥生は気圧《けお》されてしまった。レーザーポイントを持っていた弥生の手がぶらりと下がる。言い返そうにも、常務言っていることは正論でグウの音もでない。さすが鬼！　と思わず心の中で突っ込んでしまうくらい、打ちのめされてしまった。

「まあまあ、小鳥遊《たかなし》常務。最上くんもわかってるよね？」

弥生は唇を嚙み締めた。どうしても三色展開にしなければいけない理由を弥生は持ち合わせていない。けれども、今のままではインパクトがないのも事実だ。

子供の頃に味わったキラキラとワクワクを皆にも味わって欲しい。

「じゃ、ｅｃｒｉｎはピンク一色展開で。その分デザインをもう一度考えてきて」

「……っ！　待ってください！」

解散の雰囲気になった会議を、弥生は引き止めた。何か、何か。と頭の中をぐるぐると巡らせる。

ふと、長机の上にあった小さなペンケースが目に入った。

ペンケースを開けた時、溢《あふ》れ出《で》るキラキラを。

ぱ、と弥生の視界が開ける。実際は何も変わらないがそんな気がした。

「じゃあ、限定品を作りましょう！」

「は？」

「このｅｃｒｉｎボールペンに合わせたペンケースを限定品として付属するんです。置く場所も地元のデパートに限定して、プレミアをつける。うちは弱小文具会社なので、最初から数は売れない。ならば、とことんプレミアを付けさせてください！」

持っていたレーザーポインターを握りしめながら、弥生は力説する。キラキラの詰まったペンケースからキラキラの元であるボールペンを取り出す時、いかに童心に帰れるかを。誰しも一度は憧れたことがあるはずだと弥生は全身で訴えた。

「ううん。しかしなぁ」

常務のボールペンの天ビスを机に叩きつける速度が上がる。その速度に合わせるかのように、会議室がざわついた。売れるのか、たとえ限定品だとしてもデパートが置いてくれるか？　営業が持っていくのか？　おもしろそう、など。弥生にとっていい意見と悪い意見が半々聞こえてくる。

「……まあ、つけるつけないにしても。一度デザインを見せてくれるかい？」

すべての決定権を持つ社長が穏やかな声でその場を制する。そうだな、そうしようと周りが同調し始めて、その場はまとまった。

一連の流れを思い出しながら、弥生はキッシュにフォークを突き刺す。少しだけ常務への怒りがこもっていたが、知る人物は周りにはいない。刺した勢いのまま、キッシュを切り、そのまま口に運ぶ。もぐもぐ、と勢いよく咀嚼《そしゃく》したのは数回だった。平日限定特大キッシュは相変わらず美味しい。けれど、飲み込むよりも先に大きなため息が溢れ出た。

「ああもう……自分ブレブレ……」

自分のキラキラを誰かと共有したい。そう思うのはエゴなのかと弥生は自信を失《な》くしかけていた。常務の言うことはもっともで、裏を返せば弥生は自分の作った物に自信がないということになる。三色展開にしなかったから売れない。などは言い訳にもならない。とりあえず、ペンケースのデザインを出すということで、首の皮一枚で繋《つな》がったようなものだ。これでもし、いいアイデアが出なければ企画自体がおじゃんになりかねない。よくよく考えてみると、ペンケースをつけるのであれば、本体の予算も抑えなければいけない。

「……踏ん張りどころだ」

弥生は何も無い手のひらをきゅっと握り締めた。一番大きな硬貨の感覚を思い出すように。そして、待っていろ！　常務！　と呟《つぶや》き、弥生はキッシュを口に放り込んだ。

「それはまた、無理を言ったな」

企画会議でのやりとりを掻《か》い摘《つま》んで説明した弥生の胸に、鋭い言葉が刺さった。いつも応援してくれていた旭の、無理、の一言が弥生のやる気を抉《えぐ》った。

「理由もないのに金はだせない」

「……わかってますよ」

弥生はぷっ、と頬を膨らます。その様子を見た旭が整えたくれたばかりの髪をぐしゃぐしゃと乱した。と、思ったらすぐに綺麗《きれい》に整えられた。憎たらしい。そう思いながらも、いつものように旭に見惚《みと》れてしまった。鏡越しに見える旭はいつもと変わらず、素敵で格好よくて……。

「はあ。頑張らないと」

弥生はぐっ、ぐっ、と硬貨の感触を確かめるように拳を握りしめる。すると弥生の髪をアレンジしていた旭が弥生の肩越しに覗《のぞ》き込《こ》んでくる。

「時々手を開いたり握ったりしてるけど、なんだ？」

「あ、これですか？　へへ。お恥ずかしいんですが、癖なんです。昔、お小遣いをもらうと、こうして五百円玉の感触を確かめてから買い物に行っていました。なんていうか……子供の頃のキラキラした気持ちを思い出せるんですよね」

「……弥生は目標に向かって一直線だろ？　それは弥生の強みだと思うから、きっとできるさ。何よりこの三年で弥生がいかに文房具が好きか嫌ってほど教えられたからな」

旭の慰めと褒め言葉に、単純な弥生は胸を高鳴らせる。夢を追う自分を見ていてくれたことが嬉しかった。やはり旭との時間は、弥生にとって糧となっている。幸せにぽかぽかと心が温かくなる。その幸せを噛み締めるように、弥生はもう一度手のひらをぎゅっと握りしめる。

「わたし、頑張ります！」

「うん。応援してる」

くるりと振り返って弥生は宣言する。鏡越しの旭ではなく、本物に宣言したかった。三年前、弥生を見つけ、底辺に落ちていた自分を拾い上げてくれた旭に認めてもらえるチャンスをやっと摑んだのだから。

「あ、弥生。ひとつ相談なんだが……」

「はい。なんでしょ」

「今使ってるカラーリング剤が変更になりそうなんだ。取り引きしている業者が取り扱わなくなる」

「ふんふん」

「……おまえの勝手で取り扱わなくなるんだから、もっといいのよこせって言ってやったんだ」

「おお！」

「んで、弥生の新しいカラー剤取り寄せたから。前回染めてからだいぶ経っているし、よければ今日時間あるか？　早めに使って効果を確かめたい」

全然大丈夫です！　と弥生は大きく頷く。旭は準備をすると言ってその場を去る。旭は新商品を導入する際、必ず弥生で試してから購入していた。今のようなことは初めてではない。一度、新規購入予定だったトリートメント剤の効果があまりよくないことがあった。

その時、旭は「弥生に合わないものを店に置けない」と言って、すぐさま購入をやめた。きっぱり言い切る旭に一瞬戸惑いを覚えたが、結局は嬉しさが勝った。その時の嬉しさが蘇《よみがえ》ってくる。弥生の存在が道標になっている。そんな烏滸《おこ》がましい考えが浮上してきて、慌てて手を振り回してかき消す。

「……何してるんだ？」

「あ、あ、ちが！　む、むしが」

「虫？」

「い、いいえ。勘違い……？　かも？」

「ならいいんだ。もしまた見かけたら言ってくれ」

慌てて自身の怪しい行動を打ち消した弥生だったが、ニヤついた表情を浮かべた自身と鏡越しに目が合った。あまりにも締まりのない顔だったため弥生は、顔を二度ほど叩いて引き締める。すると、準備を終えた旭が戻ってくるのが見えた。

「色入りや状態を見たいから、一週間毎日顔を出せるか？」

「え!?」

毎日、顔を出せるか。旭は今そう聞いてきた。弥生の顔に熱がこもる。それはつまり、毎日旭に会えるということだった。一も二もなく弥生は返事を返す。もちろん、イエスだった。

「じゃ、明日からな」

ぷっ、とカラーリング用の手袋に息を吹きかける旭と鏡越しに目が合う。嬉《うれ》しさのあまり緩んでいた顔をそのままに、お互い微笑《ほほえ》み合う。ずっとこの時が続けばいいのにと思えるほど、素敵な時間だった。

「じゃ、まず……」

弥生の髪の状態を見つつ、旭が話を切り出した時だった。二人の間に電子音が響いた。

弥生のスマートフォンではない。ということは必然的に旭のものになる。

「……げ」

「あさひさん？」

「いや、ちょっと待ってて」

ディスプレイを見た瞬間、旭の表情が歪《ゆが》む。面倒くさいなと呟きながら旭は電話に応対する。旭がもしもし、と言った瞬間に女の人の声が弥生の耳に入った。

弥生の聞き間違えでなければ、『はじめ』と、聞こえてきた。

「かずみ」

そして、旭が相手の名を呼ぶ。

女の名前。しかも呼び捨てだ。

弥生の心がざわりと波立つ。この三年で、弥生と旭の間に入り込んできた初めての名前だった。

カットモデルを引き受けてから火曜日のこの時間、誰かいることの方が少なかった。時折スタッフの人に話しかけられることはあったが、その程度だ。旭に色目を使うスタッフを見たこともあるが、そういった子たちは気づくと店からいなくなっていた。スタッフと一定の距離を置く旭が親しげに名を呼ぶ相手。一度気になりだしたら、止まらなくなってしまった。

「だから。火曜日はダメだって言ってるだろ？」

「はあ？　今から？　あほ。行けるわけないだろ」

「……わかったよ」

聞いてはいけない、とわかっているのに二人の会話に耳を澄ませてしまう。旭の口調からして、かなり親しいようにも思える。最初は悪態をついていた旭だったが、次第に笑い声が混じりはじめた。

「相変わらずだなぁ。まあ、いいさ。楽しみにしてる。ん、じゃあな」

通話を終えた旭が戻ってくる。何事もなかったように、旭は施術の準備に取り掛かっていた。それを横目に、「今のは誰ですか？　何を話していたんですか？」と、聞きたいけれど、聞けない。そんなもどかしさを抱えていた。

弥生はこっそりため息をつく。しかも、いつもなら施術中に弥生の近況など訪ねてくれるが、本日はそれがなかった。加えて少し慌ただしい手つきでカラーリングを終え、「悪い。ちょっと用事があるんだ」とこれまた慌ただしい様子で弥生と一緒に店を出ると、車でどこかへ行ってしまった。

言葉や行動の中に、旭の焦りが見えた。弥生は、そんな旭を見たらわかりましたと言うしかなかった。かずみ、と呼ばれた人の所に行くのだろうか。そんなことを思いながら弥生は帰路についた。

いくら「かずみ」のことが気になっても、弥生にはしなくてはいけないことがたくさんある。ペンケースのデザイン案に与えられた日にちは三日。つまり、今週金曜日までだった。

ボールペンのデザインは決まっている。パールピンクをベースに、クリップ、天冠、ペン先はゴールド。ノック式ではなく、回転式のボールペンだ。中に替芯を一本追加し、長く使えるようにした。グリップ部分は疲れないようにラバーカバーをつける。そして、天冠周りには、ジルコニアをあしらったクラウン型の飾りをつけて高級感を演出する。ここ最近のスマートフォンの普及率を考え、感圧式のスタイラスをトップにつけた。

「やっぱりボールペンとお揃《そろ》いのデザインがいいよね」

軽くて、かわいくて、持ちやすい。トントンと指先で机をノックしながら弥生は思案する。ソフトレザーのピンク。ロールタイプ、ファスナータイプ、ボタンタイプ。アイデアをいくつか書き出し、紙を並べていく。

「まりちゃんだったら、どれがいい？」

「私ですか？」

一人では煮詰まってしまいそうだったため、真理に意見を求める。そして、真理が指さしたのはファスナータイプのペンケースだった。

「ボールペン自体が結構珍しいデザインですし、ペンケースは無難な方がいいかと」

「やっぱりそうだよね？　そしたらどこかにクラウンをあしらいたいな」

ファスナーチャームや、刺繍《ししゅう》、プリント。思いつく限り、書き留《と》めていく。付属品のため、コストを最小限に抑える必要もある。デザインのサンプルが載っている冊子と注文書を元に、コストとデザインの照らし合わせを始める。

「クラウンチャームつけたいよー！　でも、プリントの方が安い……」

ああでもない、こうでもない。悩んでいるうちに、時間だけがどんどん過ぎていった。

気がつくと昼休憩の時間になっていて、フロアには誰もいなくなっていた。ビルトインエアコンの稼働音だけが響いており、弥生はいつのまに、と驚いた。

「集中するのはいいことなんだけど……」

デザイン画の散乱した机に、弥生は突っ伏した。仕事に打ち込み、忘れようとした昨日の出来事。一度集中力が切れると、いつの間にか思い出してしまう『かずみ』という名前。

「誰って聞く資格もないしなぁ」

自分はただのカットモデル。旭が気に入っているのは弥生自身ではなく、弥生の髪だ。悔しいことに、新しいカラーの調子はとてもよく、社員みんなに似合っていると褒められた。弥生の髪のことなら、旭は何でも知り尽くしていると思い知らされる。

「自分の髪という強力なライバルがいる上に、別の女の人が出てきたら……勝てっこないよ」

ビルトインエアコンの稼働音にかき消されるほどの小さいつぶやき。けれどもこの一言が今の弥生の心を占めているすべてだった。

三年間、火曜日に会うだけの関係。そこから先に進めなかったのは何故か。髪しか誇れるものがなく、その髪も旭によって作られたものだ。弥生には、自信を持てるものが何一つない。旭のように背も高く、センスもよく、イケメンで優しい。平凡で何もない自分は旭の隣に並ぶ資格はない。そう決めつけ、いつでも旭に恋をした自分が悪いと責め続けていた。

「ああー。もう！　いやだいやだ！　考えたくないー！」

今度はフロア中に響き渡る大きな声で弥生は叫ぶ。贅沢《ぜいたく》を言ってはいけない。定期的に会って、少しおしゃべりをする関係。それで満足しなければいけない。

自分に繰り返し言い聞かせる。そして、やっともやもやが落ち着いてきたところで、ランチに向かうべく弥生はバッグから財布を取り出す。慌ただしくオフィスを後にし、自然と俯いてしまう顔を無理やり上げた。

毎日顔を出して欲しいと旭に言われたことが、今の弥生にとっての支えだった。

私達は特別な関係ではない。

会社でもずっと言い聞かせていたが、ここ《AQUA》では、嫌でもそう自覚しなければいけなかった。

「お待たせしました。その後いかがでしたか？」

「調子よかったわよ。伸びてもほら、まとまってる」

「ありがとうございます」

本日は水曜日。ＡＱＵＡに到着したのはちょうど十八時だった。到着してすぐに、受付の女の子に「旭せんせぇはまだ接客中なのでおまちくださぁーい」と、少し棘《とげ》を含んだ口調で待合室に案内された。ついでに飲み物のオーダーを聞かれ、コーヒーと答えたが一向に持ってくる気配がない。次から次へと予約客がやってくるのを見て、忙しいなら仕方ないかと諦めた。フカフカのレザーソファに腰掛けながらきょろりと当たりを見回す。「こちらを見てお待ちくださぁい」と、アシスタントの子がおざなりに置いていったファッション雑誌には目もくれず、弥生は平積《ひらづ》みされていたフリーペーパーを手に取る。

地元のフリーペーパーの最新号は、人気の美容室特集だ。美容室ＡＱＵＡは見開き二ページを使って特集されている。これが初めてではない。美容室特集があれば、いつも大きく取り上げられている。ページの左下に旭のプロフィール欄があり、吸い寄せられるように文字を追った。

旭《あさひ》　元《はじめ》　三十二歳　ＡＱＵＡ　スタイリスト兼オーナー
「……すごいなぁ」

旭の接客の様子を撮った写真を弥生は指でなぞる。黙って立っていると近寄りがたい雰囲気のある旭だが、笑うと目尻が下がり一気に人当たりがよくなる。スラリとした手足は程よく筋肉がついていることを弥生は知っていた。

——袖まくりした時、腕が結構たくましかったのよねー。

フリーペーパーの写真を見ながらそんなことを心の中で思う。以前、なにか運動しているのかと聞いたことがある。案の定、ジムに通っていると答えが返ってきた。

繁盛店のトップスタイリストでイケメンで優しくて……。旭の魅力的な部分をあげる度に弥生は惨めな気持ちを抱いた。

けれども、恋い慕う気持ちを抑えられず、弥生は本物の旭を視線で追いかける。すると嫌でもわかってしまう。恋した人はライバルが多いということを。

写真よりもずっと素敵な笑顔を浮かべて接客をする旭に誰もがみとれている。スタッフ、お客、外を歩く人も。店のガラス越しでも旭の魅力が削《そ》がれることはない。もちろん弥生もその中に一人だった。

ぼんやりと旭の姿を追い続けて十分程経つと、さらに色々なことが見えてきた。ひっきりなしになる電話は、旭を指名する予約の電話だ。受付の子が何度も旭と電話の間を行ったり来たりしていればすぐにわかってしまう。当たり前だが、旭が担当するのは自分だけではない。旭の人気と自分との距離の遠さを目の当たりにした瞬間でもあった。

そんな忙しそうな店内をぼんやりと見つめていたら、ホワイトのプルオーバーシャツにブラックのストレートパンツを優雅に着こなした旭が近づいてきた。

「弥生、待たせた。ごめん」

旭がいつもの調子で弥生に声をかけた。その瞬間、店内が水を打ったように静かになった。そして、客、スタッフの視線が一斉に弥生に集まった。皆が皆、旭の一挙一動を監視している。

「……あ」

「席が空いたから。いこう」

「は、はい」

返事をする声が小さくなってしまう。普段は二人だけで過ごすことに慣れていた弥生にとって居《い》た堪《たま》れない状態だ。

「弥生？　どうした？」

「あ、だ、だ、大丈夫です」

楽しみにしていたはずなのに、早くこの場から立ち去りたいと思ってしまった。

堂々と店の中央を歩く旭。その後ろについていくことを躊躇《ためら》ってしまうほどの存在感があった。ほかの客に、顔を見られないように俯いて後を追う。案内されたスタイリングチェアはいつも通り弥生を迎えてくれたが、いつもよりずっと居心地が悪い。

「うん。問題なさそうだな。色も綺麗に入っている」

スタイリングチェアに腰掛けてすぐに、旭のチェックが入る。うんうんと頷く旭を横目に見る。いつもなら旭しか見えないが、今日は違った。鏡越しに見える周りの客やスタッフの視線を全身で感じていた。値踏みするような視線を全身に感じて痛いほどだった。

「弥生？　本当にどうした？」

そんな視線をもろともしない旭がいつも通り弥生に話しかけてくる。反して弥生の返事は「大丈夫です」と「はい」しか出てこない。そんな弥生の様子に、旭は首を傾げつつも髪のチェックに戻った。

この視線に気づかないのかと声を大にして言いたかった。けれどもきっと旭にとって注目されるのは日常茶飯事なのだろう。

会議で常務に問題点を指摘された時に浴びせられた視線の方がよかった。そう思えるほど、この場にいる女性達の視線が痛い。刺すような視線の中、平静でいられるほどの度胸を弥生は持ち合わせていない。

しかも、こそこそと噂《うわさ》する声を耳が拾ってしまう。

あの子、だれ？

予約客をとばしてまで？

彼女？

まさかぁ！　旭さん、プライベートと仕事絶対分けるでしょ？

だよね？　カットモデル？　にしては平凡。

ひそひそ囁《ささや》かれる言葉の中には明らかな悪意も含まれていた。弥生は俯き、ぎゅっと拳を握りしめる。

「よし、今日は大丈夫そうだ」

　チェックは二十分ほどかけて行われた。毛先から頭頂部、そして頭皮まで丁寧にチェックされた。旭のゴーサインが出た瞬間、弥生ははっと息を吐き出した。針のむしろのような空間から一刻も早く抜け出したい弥生は、すぐさまスタイリングチェアを降りた。

「弥生、仕事終わりに悪かったな」

「いえ。私は……大丈夫です。旭さんこそ忙しいのにわざわざ」

「これ以上に大切なことなんて無いから」

　この男の口を塞いでやりたい。いつもなら嬉しい一言だったが、今の弥生にとっては恐怖以外のなにものでもなかった。旭のとんでもない一言に、周りがざわめき立つ。

「あっ、お店で使うかもしれない新しい薬剤ですもんね！　た、大切ですよね！」

　周りに聞こえるように、弥生は大きな声で言い訳する。

「弥生？　やっぱりなんか変だぞ」

「い、いえ……大丈夫です。なんでもありません」

　熱でも測ろうとしたのか。旭の手が弥生に向かって伸ばされる。周りの視線を気にした弥生は一歩後ずさり、旭の手から逃れた。

「……弥生？」

「本当に大丈夫です。大丈夫ですから」

　弥生は俯きながらぼそぼそと呟く。名を呼ばれたが、今日は顔を上げられなかった。いつもなら自然と笑みが浮かび、喜んで返事をしていた。しかし、今はできなかった。

とてもひどい顔をしているだろうと自覚していたから。

人気のある旭の側にいること大変さを知った。けれども、気づいたのはそれだけではなかった。

弥生は初めて、成功者としての旭に嫉妬を感じた。

誰からも愛される旭は、目眩《めまい》がするほど輝いて見えた。

弥生が思っていたよりも、弥生の日常と旭の日常はかけ離れている。

「弥生、明日は何時頃来れそう……」

「あの！」

旭の言葉を弥生が遮る。何かを言われる前に、弥生は早口に言葉を震わせた。

「あの、いま企画しているものの締切《しめきり》が金曜日で……それが通れば、もっと忙しくなりそうなので……しばらく来れないかもしれません」

嘘《うそ》は言っていない。本当のことに、ほんの少しだけ予測される出来事を想像して混ぜただけだ。

「そうか。まあ、いつでもいいんだ。来週になってからでも」

「あの、来週……もしかしたら、厳しいかもしれません。なので、」

「……そうだよな。弥生も新しい道に踏み出そうとしているんだよな」

弥生の返答に旭は顔をゆがませた。けれども旭はいつものように、弥生の頭に向かって手を伸ばしてくる。いつもなら、その大きな手を受け入れて髪を乱されるまでが二人のやりとりだった。しかし、弥生はその手をもう一度避ける。一度約束したことを、弥生のわがままで反故にした呵責《かしゃく》が心の中にうずまく。大人の余裕をみせる旭の手を受けいれることができなかった。

「……どうして」

「あの、私……明日もあるので、帰ります」

「弥生⁉　待って、来週もし来れるようならば連絡をくれるか？」

そう言って旭はパンツのポケットから名刺入れを取り出す。その名刺に何かを書き込む。名刺を弥生に渡そうとした時、受付の女性が二人の間に割り込んできた。

「先生、間中《まなか》さんが……」

女性が旭の耳元でヒソヒソと囁いている。途端に旭の顔が歪《ゆが》められた。一言女性に何かを呟いて弥生に渡そうとした名刺を女性に渡した。旭は「ごめん。連絡待ってる」と弥生に背を向けた。残された二人に一瞬の間ができた。その間を破ったのは、受付の女性だった。

「お待たせしました。バッグをお持ちしました」

受付の女性の目が笑っていない。ぞくり、と弥生の背中に悪寒が走る。預けていたバッグと一緒に、旭の名刺を受け取ろうとした。

けれども、名刺はいつまで経っても弥生の手に落ちてこない。不思議に思っていると、くしゃ、と紙の潰れる音が聞こえた。

「やだぁ、潰しちゃいました。ごめんなさい。あ、お帰りはあちらです」

弥生があっけに取られている間に、いつの間にか外に追い出されていた。背も高く、モデルのような女性が、弥生の前に立つ。柔らかそうな髪は、艶もあり、輝いている。旭の隣に立っても遜色がないような綺麗な女性だった。

「あんまり期待しない方がいいですよぉ？　旭さんがあなたみたいな人を相手にすると思えないし」

弥生は目を見開く。自分と旭の住む世界の違いを思い知らされた瞬間だった。そして、受付の女性は『知っているんじゃない』としたり顔を弥生に見せる。ふんわり柔らかい髪をなびかせ、女性は店内に戻っていった。

目の前で閉まる自動ドアをただ見つめるしかなかった。

薄い一枚のガラスを隔てた別世界。これが弥生と旭の正しい距離感だった。

ああ、終わったんだな。と弥生は理解する。手の中にそっと包み込んで大切にしていた非日常がぽろぽろとこぼれ落ちる。

そして弥生の手には何も残らない。

いつもの日々に、戻るだけだ。

もう、ここには来ないと決意した。涙は流れなかった。

旭の店を出た弥生は、自宅に戻ると、死にものぐるいでデザインを完成させた。そして、木曜日、ペンケースの素材を見るため、上司に許可をもらい、制作を依頼する会社に押しかけた。そして、レザーサンプルを持ち帰りプレゼンの準備を始めた。

カタカタカタカタ。神がかったタイピングスピードで、弥生はパソコンと向き合っていた。悔しいことに、旭の作ったロングストレートは、どんなに疲れていても寝不足でも寝坊してもいつも通りサラサラだ。二、三度の櫛《くし》を通せば決まるスタイリング。そんな綺麗《きれい》にまとまった髪を振り乱しながら、弥生は仕事に熱中していた。隣の席の真理が若干引いている空気を醸し出していたが、弥生は無視するしかなかった。

もちろん、付属品《ペンケース》にだけ気を取られるわけにはいかない。ボールペンの方のデザインも少しでもコストを削り、価格を抑える方法は無いかを同時進行で検討していった。

金曜日の午後行われる会議ですべてが決まる。悩んでいる暇はない。弥生は自分に必死で言い聞かせて目の前の仕事に取り掛かる。

そして迎えた金曜日。準備はバッチリだった。

完成した資料を高速で綴《と》じ、抜けや誤字がないか、何度目かわからない確認をする。まるで戦場にでも向かうかのように、弥生は気合を入れた。今日こそ常務を納得させてやる。その気合だけが今の弥生を支えていた。

「デザインは二種類用意しました。一つは、チャーム付き。もう一つはクラウンをプリントしたもの。プリントの方が圧倒的にコストを抑えられます。ですが、私はチャーム付きを採用したいと思っています」

「最上君も諦めが悪いね？　おまけでしょ？　コストを考えればプリントで決まりじゃないか」

ボールペンの天ビスで机を叩く音が会議室に響き始める。やはりペンケースのデザインを反対された。弥生は「来た」と思い、再度気合いを入れ直す。

「もちろん！　私もそう思います。けれども、やはり私は『非日常感』が必要だと思います！」

今日の弥生は引かなかった。なおも脅すような態度の常務に食ってかかっていく。

「それもさぁ。こだわりは認めるよ。俺もすごいかわいいと思うし」

「なので、今ボールペンの素材などでコストが削れないか交渉中です！」

「削って品質が悪くなったら元も子もないし、製造元に無理言うつもり？」

「それは絶対にしません！　今グリップのラバー部分の圧負荷試験を依頼しています。握る部分の負担が変わらない程度に厚みを調整してもらい、コスト削減を検討しています。これでもし一つあたり二十円浮けば、ペンとお揃いのチャームをつけられます！」

弥生の迫力に押されたのか、常務が口を噤む。勝った！　と弥生が鼻息荒くしていると、穏やかな声が勝利の余韻をかき消した。

「それで、宣伝は？」

「専用ホームページの作成、地域デパート、それから赤ちゃん用品店などへの売り込みを考えています。それと、五月初旬に行われる当社と地域の交流イベントの際、サンプル販売をしようと思っています」

弥生の返答に、社長が微笑んだまま頷く。

「サンプル販売かぁ。女の人を呼び込むのに秘策はある？」

「会場内で託児サービスを行い、子供を預けたうえで、お母さんたちがリラックス出来る場を作りたいと思います」

「例えば？」

弥生は手元に残していた資料を配布する。その中には、この地域にて、マッサージ、エステ、ネイル、美容室などを開いている業者の一覧表だった。

「まだすべてに確認したわけではありませんが、こういった業種のブースを作り、簡単ネイル、マッサージ、ヘアアレンジなど……普段子供がいるとなかなかしにくいことをやってもらえたらいいなと思っています。既に何店かは参加を内諾していただいています。皆さん新たな顧客獲得のために、基本的には無料でサービスを提供してくれます」

弥生は気持ちを落ち着かせるために、ふっと息をつく。

もうこの道しか残されていない自分は前に突き進むしかない。その気持ちを知ってもらうために、熱心に語った。これで伝わらなければ……と思った時だった。

「いやー。おもしろそうだ。最上くん、やってみるかね」

社長が手を叩きながら言う。

言葉を理解するまでに時間を要したが、ＯＫの返事に、弥生は瞳を輝かせた。

「はいっ！」

了承の返事をもらった弥生は、各方面への連絡をどうするかの算段を頭の中で立て始めた。

「でもね、リスクも高いからね。これは君だけのプロジェクトじゃない。多方面に協力を得るということはその人たちの責任も背負うことになるんだよ？」

目の笑っていない社長の言うことはもっともだ。弥生は手のひらを握って、社長の言葉を胸に刻み込む。

「今の私には頑張りますとしか言えません。けれども、やる気はあります。皆様方の経験と知恵をお貸しいただけたらと思います」

言い切った勢いのまま、弥生は頭を下げる。

「若い者がここまで言ってくれたんだ。みんなで頑張りますか」

社長のその一言で、会議は解散となった。前回とは違い、穏やかに会議が終わった。よい雰囲気のまま、ほかの上役たちが弥生に声をかけてくる。

「ここなら私が話をつけられるよ」

「前に少し無理を聞いてるから、融通してもらえるかも」

などと、弥生に嬉しいものばかりだった。一つ一つに礼を述べ、会議室を後にした。

「ふ～！　疲れた！　っ、おっと」

張りつめていた緊張が溶け、自分のデスクに戻る。すると、隣の真理が何やら電話で話し込んでいたため、小さな呟きにとどめた。

「ん？」

すると、真理が小さなメモを弥生に差し出してきた。

『らばーくりっぷのけんです』

メモに書かれた文字を心の中で読み上げる。内容を理解すると、弥生はなんていいタイミングなんだと飛び上がって喜びそうになった。

「ええ、はい。そうですね」

口を一文字にして電話が終わるのを待つ。

「はい。はい。わかりました！　よろしくお願いします！」

電話口で応対する真理が指で◯を作って弥生に見せてきた。嬉しい連鎖は社内だけではなかった。弥生はガッツポーズを作る。ボールペンのコストダウンを依頼していたラバークリップの下請け工場から、二ミリ減らしても現存のものと耐久性、握り心地などは変わらないと返事をもらえた。二ミリ減らせるということは、大きなコストダウンに繋がるうえ、ボールペン自体の重さも軽くなる。より持ちやすいものを作れるということだ。

「これでペンケースにチャームを付けられる……」

心の声をすっかり漏らしていた弥生は、早速主任と課長に返答内容を報告する。

「じゃ、サンプル作ってみるかぁ」

「いやったぁー！」

弥生の話を聞いた課長がついに重い腰を上げた。サンプル作成の許可をもらい、弥生は思わずその場でバンザイをする。真理をはじめ、他スタッフが拍手でそれを祝う。そうと決まったら弥生は止まっていられなかった。

「わたし、各方面にご挨拶してきまーす！」

バッグとスプリングコート、外出用のパンプスを引《ひ》っ掴《つか》み、挨拶《あいさつ》回りに出かけようとした時だった。

「まてまてまてまて!!」

首にストールを巻いていざゆかんと職場を後にしようとした時だった。慌てた主任が弥生のストールを掴む。

「気が早すぎるだろ！　とりあえずサンプルを発注して出来上がってからにしろ！」

「だって！　私のイメージしたものを、早く形にしたいじゃないですか！」

「あほ！　今行ったってできるわけないじゃねえか！　これから作ってくださいってお願いしないと話が進められないだろう!?」

そうか、と弥生は手を打《う》つ。どうも気が急いでしまい、正常な思考が働かない。オフィス内が笑いに包まれる。弥生は主任や他スタッフに頭を下げて自デスクに戻る。

「弥生先輩、めっちゃ気合入ってますね」

「でっしょ？　私にはこれしかないから」

「……え、これしかないって……せんぱい？」

真理が訝《いぶか》しげに目を細めたが、弥生は無視をした。受話器を取り、ボタンをプッシュする。真理の視線から逃れたくて弥生は俯《うつむ》く。

「頑張ろうね」

真理に言ったのか、自分に言ったのか定かではない。けれども、弥生は前を向かなければいけなかった。

がむしゃらに働き、零《こぼ》れ落《お》ちた非日常を振り返らずに過ごす日々。


そうして日々を過ごしていくうちに、火曜日を迎える。

さらさら落ちる髪が弥生の視界に入る。

たったそれだけで、思い出してしまう人がいる。

「さて！　今日は残業しまーす！」

弥生は手を挙げ、主任に大きな声で宣言する。はりきってるなぁと、主任がＯＫサインを出した。

「ほどほどにしとけよ」

「承知しました！」

弥生の元気な返事に、どっと笑いが湧き上がる。頭をぺこぺこ下げて、弥生は席につく。パソコンを起動させる音すらいとおしく感じる。そう、思い込まないといけない。毎週欠かすことのなかった火曜日。けれども、もう行けない。劣等感をかかえたまま、旭に会えなかった。

目の下の隈《くま》と肌のくすみとささくれのできた指で、弥生はパソコンと向き合っていた。

AQUAに通わなくなって、ひと月半。季節はもう春の終わりにきていた。桜は葉桜にかわり、虫に怯《おび》える季節になる。寒さに震えることもなくなり、コートを必要としなくなった。いつもこの時期になると伸ばしていた髪を少しすいて、軽やかに見せていた。けれども、今年はまだ冬仕様の重いストレートのままだった。

前髪をピンで留め、久しぶりの出番となったシュシュで髪を後ろに一つにまとめている。もう、旭の気配を感じることはできなくなっていた。カレンダーを目にした時、春の終わりを感じ始めた時、鏡の前に立つ時。行けなかった火曜日を指折り数える。その数はそろそろ片手では足りなくなっていた。いつになったら忘れられるのだろうと、自身に問いながら。

パソコン作業の疲れ目を少しでも回復させるために、弥生は眼輪筋に沿ってマッサージする。ごりごりと嫌な音がするがそれがまた気持ちよかった。

今度は肩、と思い切り伸びをする。誰かに揉《も》んで欲しいと思いながら肩を回していると、目の前にある時計が目に入った。

「ああ、もうこんな時間か……」

時刻は十二時半。周りを見ると、昼食を取りに出ているのか人もまばらだ。もう出かけるのも面倒だなと思った弥生は、引き出しからバランス栄養食を取り出す。

「ああー！　せんぱい、またそんなもの食べて！」

「ぶふっ！」

大きな声に驚いた弥生は、口に含んだブロックビスケットでむせる。こほこほと咳き込《せこ》みながら振り返ると、腰に手を当てて頬をふくらませている真理がいた。

「まりちゃ、」

「もー！　最近顔色も悪いですし、ちゃんと食べないとダメですよ！」

「んんー、でも色々大詰めでしょ？　営業にもまわらないとだし、来月にある地域交流イベントの準備も……」

「っ、もうもうもーう！　私というアシスタントがいるんですから！　そのへんは任せてください！　先輩は、ご飯を食べる！」

でも、と弥生は食い下がる。すると、真理は弥生の眼前に茶色の紙袋を差し出してきた。

「イベント関係なら私もお手伝いできますから。ね、少し仮眠室で横になってきてくださ い！」

紙袋を手に取ると、ほんのり温かい。真理の気遣いに、弥生は久しぶりに笑顔を浮かべた。

「目の下の隈が酷すぎます！　これあげますから、今すぐ仮眠室に直行してください！」

「まりちゃん……」

腰に手をあて、鼻息を荒くした真理が、ホットアイマスクを手渡してくる。温かい食事と気遣いに、弥生の張りつめていた気持ちが緩んだ。

「はい！　仕事、ください！」

入社したての頃は、慌てんぼうで失敗も多かったが、逞《たくま》しくなって。親戚のおばさんのような気持ちが、弥生の中に芽生える。そして、差し出された真理の手に、今抱えていたイベント資料を手渡した。

「……ありがと。じゃ、この資料お願いしていい？」

「任せてください！　一時間経ったら起こしに行きますね！」

背中を押されて、仮眠室の方向に追いやられる。弥生は「おやすみ」と真理に告げるとすぐに仮眠室に向かった。

紙袋の中身を備え付けのテーブルの上に出す。野菜たっぷりミネストローネと、弥生の大好きなキッシュ、それとホットミルク。それを見た瞬間、単純な弥生のお腹《なか》が、ぎゅるぎゅると音を立てた。どうやらブロックビスケットだけでは物足りなかったようだ。

真理の優しさに感謝し、弥生は手を合わせる。いただきます、と呟いたあと目にも止まらぬ速さで、差し入れを食べ終えた。

「はぁ、生き返るぅ……」

ホットミルクをあちあち言いながら啜《すす》ると、身体がじんわりと暖かくなった。すると途端に眠気がやってくる。ちょうどいいとばかりに、弥生はベッドに横になった。もらったアイマスクを装着し、横になるのに邪魔なシュシュを解く。すると、はらはらと髪が落ちていく。ところどころ跳ねてはいるが、手ぐしで直せるほどだ。旭からもらったヘアケアセットはとっくに無くなっていた。そのため、三年ぶりに市販のものに変えたが、あまり不便を感じていない。

旭の手を借りなくても、弥生は暮らしていける。その事実は思いの外、弥生にダメージを与えた。反対もまた然《しか》り。

きっと旭も弥生がいなくても暮らしていける。

日常に戻っただけだと弥生は必死で自身に言い聞かせる。眩しい世界で輝く人との距離は遠く、越えられない壁がある。だから、諦めなくてはいけない。

目の前で自動ドアが閉まった日から、弥生はそう決意していた。


ならば、なぜ。

「こんなにも悲しいんだろう」

ぬるい感覚が頬をつたう。泣いている、と気がついたのは少し遅れてからだった。

がむしゃらに働いて、長年の夢が形になろうとしている。今の弥生の支えは、仕事だった。泣いている暇はない。何度も自身に言い聞かせるが、溢れ出る涙を止められない。旭と別れてから初めての涙だった。

「諦めなくちゃ。私には仕事があるんだから」

何度も何度も自身に言い聞かせる。

涙を拭うのと同時に、旭を想う気持ちも拭えればいいのにと、できもしないことを何度も何度も思う。

こんなにも辛い恋を弥生は今まで知らなかった。

「諦めなくちゃ」

呟いた想いは誰にも拾われることなく、涙とともに流れていく。温かいアイマスクが包み込むように、弥生の涙を吸い取ってくれた。

「……はぁ、仕事戻ろ」

アイマスクに隠された涙が乾いた頃、弥生は身体を起こす。髪をシュシュでまとめて、食べたゴミを片付ける。

シーツを整えて、バンバンと枕を若干強めに叩いてストレスを発散する。よしっと、腰に手を当てて、気合を入れたところで仮眠室の扉が開いた。

「あっ、せんぱい！　眠れました？」

「眠れなかったけど、これ、美味しかった。ありがとう」

　ゴミ入れと化した紙袋を持ち上げる。

「ちゃんと食べてくれました？」

「うんうん。生き返ったよー」

「あっ、せんぱい！　先輩が集めているフリーペーパーが発行されてたので貰《もら》ってきましたよ！」

「え？」

　弥生の持つゴミ袋と交換に、真理が最新のフリーペーパーを渡してくる。確かに弥生はフリーペーパーを毎月チェックしていた。ＡＱＵＡが必ずと言っていいほど載っていたからだ。

「あ、ありが、とう」

「どういたしまして！　あ、ここの美容室人気ですよねー」

　奇《く》しくも、「絶対行くべき美容室選出しておきました！」と赤い文字が表紙を飾っていた。

　見なければいいのに、弥生はペーパーを開く。最初のページに、いつものようにＡＱＵＡの店内の写真とオーナースタイリストの旭。久しぶりの旭に、止まっていた涙が溢れ出そうになる。

　ささくれの目立つ指先で旭をなぞる。諦めると決めたはずなのに、やはり愛《いと》しい存在だと再認識してしまった。

次のページには、旭のインタビューが掲載されていた。疲れの残る目で記事を追う。いつもは旭一人の写真だけだったが、今月号は違った。

写真で見てもわかる艶がありストレートな髪。すっと切れ長の瞳には意志の強さと美しさが見える。真っ赤なリップを刺した唇は、自信に満《み》ち溢《あふ》れるように口角が上がっていた。

写真だけでも衝撃的だったが、弥生の目は文字を追い続ける。ＡＱＵＡを含む系列店を統括する会社社長『竹下一美《たけしたかずみ》』と系列店の中で一番人気店ＡＱＵＡの店長兼オーナー『旭元』の対談。

その名は覚えがあった。かずみ、と旭の口から漏れ、楽しそうに話していた相手だ。

「せんぱい？」

真理に顔をのぞき込まれる。けれども、弥生は真理に反応できなかった。真実に迫りたい一心で、文字をどんどん追っていく。そのペースに合わせるように、心臓がどくどくと早鐘を打った。

『スタイリストとして元《はじめ》はよくやってくれています。ここまで人気が出たのは彼のおかげです』

『急に褒めるなんて……。明日は雨かな』

（笑い声）

『お二人共仲がいいですね。竹下さんにとって旭さんの存在はどのようなものですか？』

『それは……公私共に素敵なパートナーです』

『意味深ですね！』

『一美、何をいまさら』

弥生はそこまで読み、ペーパーをそっと閉じた。

「せんぱい？　な、泣いてますよ！」

「ごめん、まりちゃん……ごめん……」

今だけ少し泣かせて。そう言って弥生は、情けなくも後輩の胸を借りて涙を流した。

公私共に素敵なパートナーなど、どんなに背伸びをしても弥生になれるはずはなかった。

「これで、ちゃんと終わりにするから……」

「せんぱい？」

今だけあなたを想って泣かせて欲しい。

柔らかい真理の胸に包まれて、弥生は静かに涙を流した。

恋心に、けじめをつける時がきたのだと必死に言い聞かせた。

「ごめん、まりちゃん」

「いいんですよ。いくらでも胸を貸しますよ」

声を押し殺して泣く弥生の背中を、真理がそっと撫でる。それをきっかけに、弥生は子供のように声をあげて泣いてしまった。誰もいない仮眠室でよかった。頭の隅に残る理性が、そう弥生に語りかけていた。

どのくらいそうしていただろうか。廊下に響くにぎやかな声が、社員が戻ってきたことを教えてくれる。まずいと思った弥生は、慌てて真理から離れる。

「ご、ごめんね」

「い～え。目、すごいことになってますよ」

からかう様に、真理は自分の目元をちょん、と刺す。可愛らしいしぐさに、弥生はぷっと吹き出した。

「そんなにひどい？」

「ええ。酷すぎます。なので、これ。使ってください」

真理がポケットからメガネを取り出した。

「私が使っているPC用メガネです。度は入っていません。これで少し隠せると思いますよ」

「うん……ありが、とう」

食事、アイマスク、胸を借り、眼鏡。今日一日で返せないほどの恩ができてしまった。おずおずと、与えられた花柄フレームの眼鏡をかける。言われた通り度は入っていなかった。

「似合う？」

「ばっちりです」

「お言葉に甘えて、借りるね」

「はい。どうぞ」

頰をふっくらと上げて真理は笑った。それにつられるように、弥生も「ありがとう」との言葉とともに笑顔になった。

フレームも太く、ブルーライトカット率の高いレンズだったためか、ほかの人たちに泣いたことを気づかれることは無かった。仕事に没頭しているとあっという間に時間が過ぎていく。終業時刻になり、弥生がひと伸びした手を誰かに摑まれた。

「……まりちゃん？」

「せんぱい、ごはんいきましょ？」

「え、わたし、イベントの手配が……」

「私がやっておきました」

そう言って真理が、弥生の机の上にイベント会場の設営資料をバサバサと置いていく。ちらりと目を通すと、直しが必要ないほど完璧だった。

「これ、課長に提出していいですよね？」

「……え、と」

「そうしたら特に、やることないですよね！」

ねっ！　と顔を近づけられ、弥生は気圧された。こくこくと首を縦に振る。すると、真理は弥生の手を引き、オフィスから引きずり出した。

「さ、お話ししましょ」

初めて訪れたオシャレなカフェの個室に押し込まれた。食べ物と飲み物を頼み終わった真理がテーブルの上に身を乗り出してきた。

「お、お話？」

「……せんぱい、最近変ですよ。前みたいにキラキラしてない」

「……きら、きら」

お待たせしましたぁー！　と、店員がウーロン茶を二つを持ち、二人の会話を遮った。先にウーロン茶を取った真理はぐびぐびとそれを飲み干し、ぷはっと息を吐く。そして、ダァンとコップを勢いよくテーブルに叩きつけた。

「ずっと夢に見てたんですよね？　文房具を作るの。それなのに、せんぱいちっともキラキラしてない」

「……あ」

「あと、髪もすごいくたびれてる！」

「……う」

「あんなに楽しそうにしていた火曜日、この世の終わりみたいな顔してる！」

「……」

「……せんぱい！」

ウーロン茶で酔ったふりをして弥生ははぐらかそうとした。けれども、真理の真剣な顔に誤魔化《ごまか》しは許されない気がした。

「ま、まりちゃん」

「いいじゃないですか！　ちょっとくらい弱音吐いたって！　さあさあ」

「……っ、まりちゃぁん！」

昼間さんざん泣いた後だったが、弥生はどばどばと滝のように涙を流す。そして、心の奥底にしまいきれなかった想いを、もうどうにでもなれ！　とばかりに吐き出した。

恋人になりたいなんて思ってもいなかった。

けれども、いつの間にか自分は特別だと少しうぬぼれていた。

旭は、とても遠い存在だった。

ウーロン茶片手に不平をくどくどと口にした。真理は時折相槌《あいづち》を打つものの、黙って弥生の話に耳を傾けてくれた。

「私の髪にだって勝てないのに……あんな美人で、公私共に素敵なパートナーなんて言われたら……勝ち目ないよ……」

「ふ～ん。せんぱいは、この超絶美形の旭元って人が好きで、カットモデルをしてたってわけですね～。確かにこんな美人が隣にいたら……」

真理が件《くだん》のフリーペーパーのページを開きながらグラスを傾げた。

「ね。私なんて……文房具大好きなだけの平々凡々な女だもの」

フリーペーパーに並ぶ二人を見て、戦う前から滅多刺しにされた。そんな気分だった。ウーロン茶を飲み、喉の渇きを潤す。

悩みと悔しさと惨めさと…弥生は後輩に、溜《た》め込《こ》んでいた想いと自分の弱い部分をさらけ出していく。やっとすべてを吐き出したところで、真理が弥生の手を握ってきた。

「……ん？」

「……せんぱい。一言いいですか？」

「せんぱい、めっちゃかわいい」

どんな慰めをくれるのか正直期待していた。しかし、真理の口からは想定外の言葉が飛び出してきた。なんだそれ！　と弥生が怒鳴ると、真理は意外と言わんばかりに首を傾げた。

「恋して仕事して……めっちゃ充実！　めっちゃかわいい！」

「あのねぇ。私、失恋したんだよ？」

「ええ!?　失恋しました？　何もしていないのに？」

反対側に小首を傾げた真理は、無邪気にそう口にした。

「……」

「あれぇ？　せんぱい、ごめんなさい。傷ついちゃいました？」

確信犯だ。弥生は真理の言動にそう結論づけた。しかもビシバシと痛い所を突かれ、ただでさえ、仕事で疲労困憊《ひろうこんぱい》している弥生へのダメージは大きかった。

「……真理ちゃん、オニ……」

「そうですか？　職場でホロホロ泣く人よりマシだと思います」

痛い所をさらに突かれ、弥生は机に額をつけて突っ伏した。真理の言葉がお腹の中をぐるぐるとかき回している。ずっと蓋をして隠していた想いを、正論で暴《あば》かれ吐き気すらしてくる。

「……ごめんなさい」

「いいえ。いいんですよ。さて、これからどうします？」

「……どうするって？」

真理は、弥生の最近のおかしなところを指折り数えてみせた。そして、もう一度同じことを尋ねてくる。

「どうします？　このままキラキラを失ったまま仕事をするんですか？」

「……うしなった、まま」

「そう。せっかくいいもの作ってるのに。いいんですか？」

いいのか、悪いのかを聞かれれば、もちろん答えは『悪い』だ。

「だけど、どうしたらいいの……」

プレゼンや相手とのビジネス的なやり取りであればいくらでも思いつく。今のｅｃｒｉｎのことならば、一から百まで説明できるし、愛する気持ちならば誰にも負けないと胸を張れる。けれども旭のことになると、弥生は弱気になってしまう。

「せんぱいのいいところって、一直線なところですよね？」

「……いっちょくせん？」

誰かにも言われたような気がする。弥生は頭の中の記憶を掘り起こす。

「そうだ……」

旭も言ってくれた。

いつでも弥生の仕事への向き合い方を認め、時に叱咤《しった》してくれた。美容師の仕事にいつでも真摯に向かい合っていた。その姿勢は憧れだった。真面目だけれども、声を出して笑うと、やんちゃな少年のようでかわいいなんて思ったこともあった。

「その受付の子だって、旭さんって人に袖にされてるからせんぱいに当たっただけですよ！」

「ええ？」

旭との思い出を反芻《はんすう》している時に、真理がずず、と顔を近づけてくる。そんな意地の悪い女に負けないで！　と鼻の穴をふくらませている。

「まりちゃん、ありがとう」

「いえいえ、で、どうします？」

「……今は、少し……考える。このままじゃいけないってことがわかったから」

真理は顎に手を当てて、少し考える動作を見せる。けれどもすぐに、「よし、いっか」と、食事に箸をつけ始めた。

「せんぱい、せんぱいが頑張ってるから私も応援しますね」

「ん、んん？」

はいどうぞと渡されたサラダを受け取る。真理はそれから一切何も言わなかった。ドレッシングで少しくたっとしたレタスは想像通りの味だった。けれども、真里と二人で食べる食事は、温かくて美味しく感じられた。

「まりちゃん、ありがとう」

「いいえ。いいんですよ。もし今度私がへこたれたら慰めてくださいね？」

「うん。まかせて」

二人でサラダを食べると、しゃくしゃくと小気味よい音が出た。少し硬い肉と油っぽいフライドポテト片手にいつまでも終わらない話をしていた。


イベントまであと一週間となった。

地域との交流イベントには、毎年多くの地元の方が来てくれる。新商品の発表もイベントに合わせることが多く、業者もたくさん訪れる。つまり、弥生の作った新商品のボールペンを初めてお披露目する日でもあった。販売する製品とまったく変わりなく同じものを限定五十個。もちろんペンケース付きだ。

「ちわー！　黒犬急便です。荷物をお届けに参りました！」

「あ！　もがみさーん！　イベントで販売するｅｃｒｉｎが届きましたよ！」

「み、み、見せて！」

待ち焦《こ》がれていた製品が届けられ、弥生は慌てて声のした方にいく。

「印鑑お願いします」

「あ、サインでもいいですか？」

「大丈夫ですよ」

急いでサインしたせいか、「もがみ」の「み」の字が流れて読めないものになってしまった。宅配便のドライバーも弥生の慌てっぷりに目をまん丸にしていた。

「すみません。慌ただしくて」

「いえ……大事なものなんですね」

「はい。私の夢が詰まってます」

届いたダンボール箱を震える手で開封する。邪魔な梱包《こんぽう》材と衝撃吸収材を床に放り投げて、早く会いたいと紙袋をあける。

「……わぁ」

透明のプラスチックボックスの中に、ボールペンとペンケースが並んで入っている。常務を押し切って作ったペンケースのチャームとボールペンのクラウンが隣り合うようにパッケージされている。まさに、弥生のイメージ通りの出来だった。

「……うれしい」

小さなボックスを抱え、弥生は呟《つぶや》く。自身の夢がやっと形になったと実感出来る瞬間だった。

もう一度、ボックスを見つめる。ボールペンとペンケースの形を確かめるように何度も何度も撫《な》でる。ふと気づけば社員はもちろん、宅配便のドライバーもみな微笑《ほほえ》んで弥生を見守っていた。

私にも一つ、誇れるものができた。

まだ売り出してもいないのに、何をと思われるかもしれないが、夢を一つ形にできた。見て欲しい。

私の努力とキラキラが形になったものを。

誰に？　と聞かなくてももう弥生はわかっていた。

旭から渡されたヘアケア用品が無くなっても。切ってもらった髪が伸びて、まとまりが悪くなっても。カラーを施した髪の境目が目立つようになっても。

旭が弥生に施したものが一つずつ消えていっても。

けれども、気持ちまでは消せなかった。

優しくて、時々いじわるで。けれども、やっぱり優しくて。

そんな旭を弥生は大好きになってしまった。彼には公私共に素敵なパートナーがいるかもしれない。弥生では到底無理かもしれない。けれども、どうしてもこの気持ちと喜びをわかって欲しかった。

すべてが終わったら会いに行こう。

驚くほどすんなり出てきた答えに、腹の中でぐるぐるとかき混ぜられていた気持ちが、すっと楽になった。

「……なんだ」

ぽつ、と呟いた言葉は、同僚たちの祝いの声にかき消されていた。

こんなにも簡単だったんだ。そう呟いた言葉も、誰にも拾われることはなかった。

5　おかえり。日常

「真理ちゃん！　養生テープとハサミ！」

　弱小企業である虹色文具。イベントも企画会社を通すことなく、自分たちでやるのが当たり前だった。今回は会場内に託児スペースを設けることになっている。必要なものは依頼した託児所サービス会社が持ってきてくれるが、スペース設営はこちらにお願いしたいとのこと。パーテーションで区切っているが、動かないように固定する必要があった。子供相手ということもあり、危険を事前に予測して細かな配慮が必要だ。イベントは明日。ホームページや市の広報、商店街にポスター貼付《てんぷ》など、広報活動も精力的に行ったおかげか、事前問い合わせを多くもらった。主に子持ちの母からで、託児サービスについての質問が一番多かった。成功したわけではないが、前評判がいいことに弥生は少し安堵した。

「せんぱい、調子よさそう！　キラキラしてる」

「うん！　明日のイベントが終わったら会いに行こうって決めたんだ」

「……うんうん。それがいいと思いますよ！」

　ぺりぺりと半透明のテープを剝がしながら弥生は真理にこそりと耳打ちする。真理が大げさに頷《うなず》き、弥生はニコニコせずにはいられない嬉《うれ》しさを感じていた。

「イベント成功したって。私の夢が形になったたって……ちゃんと伝えたいんだ」

「せんぱい……かっちょいー！」

そのためだったら床に這《は》いつくばってテープを貼ることだってなんてことない。重たい暗幕カーテンを運んでくることだってなんてことない。気持ちが前向きになると、すべてが明るくてキラキラした世界に思えるから不思議だった。

「あと、今日の髪型素敵ですよ」

「ありがとう」

今日の弥生の髪型は、先々月と同じストレートロング。旭の残してくれた技術のなごりを少しでも長く感じていたくて、弥生は朝のブローを再開した。伸びてきても、旭に教わった通りにブローすれば、髪を下ろしていてもなんの支障もなかった。あれほど避けていたのに、旭の存在を感じるだけで、幸せになれる。

なんて単純なんだろうと、自分に呆れてしまうが、今はそんな一直線な自分を嫌いにはなれなかった。

「ちゃんと、前を向くから」

「ひゅー！　かっちょいー！」

真理が茶化しながら弥生の肩を肘で押してくる。なによぉとふざけながら、弥生は肩でその肘を押し返した。このっこのっと互いに押し合いをし、最後には顔を合わせて笑い合った。

「今回のイベントは盛り上がってんなー」

「子供が来るって言ってたんだ。頑張らないと」

　ほかの社員の声が聞こえたところで、弥生と真理はふざけるのを終わりにした。もう一度顔を合わせて、笑い合い、作業に戻る。

「子供にさ、パパかっこいいーって言われるように頑張らないとなぁ！」

「あ、バカ！　ハサミ振り回すなよ！　危ないだろ」

　しゃき、しゃきと背後で音が聞こえる。養生テープを貼り終わった弥生は身体を起こした。そのタイミングと、ハサミを入れる瞬間が重なる。

　じゃき、とさっきより重い音が聞こえた。

「せんぱいっ」

　やけに耳元近くで聞こえた。まるで旭にカットしてもらっている時のような。けれどもここは職場だ。そんなはずはないと、弥生は自身の髪を撫でる。

　長い。

　そう思って触った部分の髪が無くなっていた。隠れていた耳が顕《あらわ》になり、冷たい空気が肌を刺激した。

　ゆっくりと視線を下ろす。すると、先程まで弥生がテープを貼っていた床に弥生の髪が落ちていた。

「あ、あ、……も、もがみさ」

　名前を呼ばれて振り返れば、ハサミを持った男性社員が青ざめた顔で立ち尽くしている。それを見て弥生は『ああ、切られたんだな』と、やっと理解することができた。呆然《ぼうぜん》としつつも、床に落ちた髪を拾う。

「ご、ご、ごめんな、おれ……」

「ちょっとぉ！　何やってるのよ！」

　弥生は黙って髪を拾う。明日ここに子供が来るため、綺麗にしなければという想いが先行していた。しかしその間に、真理が男性社員に食ってかかっていた。言い争う声が聞こえて、弥生は我に帰る。振り返ると、真理は男性社員の胸ぐらを掴んでいた。

「ハサミを振り回すなんて……そんな危険なこと！　あんた！　こんなんでちゃんと子供に教育できるの⁉」

「まりちゃん！」

　さすがにまずいと思い、我に返った弥生は二人の間に入る。

「まりちゃん、暴力はだめよ」

「だ、だ、だって……せんぱいの……大切な」

　何故か真理が泣き出してしまい、弥生は真理の背中を撫でて宥《なだ》める。そして呆然《ぼうぜん》と立ち尽くす男性社員に顔だけ向ける。

「ちょうど切ろうと思っていたんです。気にしないでください」

「え、え、で、でも」

「私、このイベントにかけてるんです。もし悪いと思っているのであれば、しっかりと手伝いをお願いします」

ぐずぐずと鼻をすする真理の背中を撫でながら弥生は男性社員にきっぱりと言い切った。

「ほ、本当に申し訳ないことを……」

「いいんです。明日、ガシガシ働いてくださいね」

弥生に何度も頭を下げて、男性社員は去っていく。ちょっと待ちなさい！　と真理が声を荒らげたので、弥生は思わずその口を塞いだ。

「ふぇんはい！」

「真理ちゃん、落ち着いて」

真理はしばらくもごもごと暴れていたが、だんだんと静かになっていった。口を塞いでいた手を離すと、ぎっと鋭い瞳で睨《にら》まれた。

「せんぱい！」

「まりちゃん」

「どうして！　あんなに髪、大切にしてたのに」

「……うん」

「ひどい……」

私はしあわせものだな、とぼろぼろと涙を流す真理を見て弥生は思う。大切にしていた髪を切られた。けれども、怒りに身を任せなかったのは真理が泣いてくれたからだろうか。

「まりちゃん」

「……はい」

「わたし、このイベント絶対成功させたいの」

「……はい」

「……頑張ろうね」

落ち着いた真理に、弥生は仕事を言いつける。だって、でも、としぶる真理を再度宥める。そしてそれを見送ったあと、弥生は化粧室に向かった。さすがに、ざんぎりになった髪の毛のまま仕事をするわけにはいかないと思ったからだ。

切られた部分を手で隠すようにして、化粧室に向かう。途中で何人かにテント設営や、ブースの仕様を聞かれて、答える。楽しみだねという同僚に手を振る。ゴミが落ちていたため、拾ってゴミ箱に捨てる。雑誌ラックに入っていたパンフレットが歪んでいたので整える。いつもよりも周りに気を配りながら早足で歩く。

イベントの準備をしているフロアの化粧室ではなく、弥生は地下にある化粧室まで階段を使って降りた。

ひと気の少ない階段に弥生の規則的な足音が響く。

だんだんと早足になり、見つけた化粧室の入り口ドアを思い切り押した。そして、なだれ込むように化粧室の鏡をのぞいた。

朝、必死で整えた髪が、左サイドだけ不自然に消えていた。しかし、弥生は、驚くらい冷静に鏡の中の自分を観察していた。

「……ほんとに、無くなってる」

旭との繋がりが切られてしまった。

そう思っても、不思議と涙は出てこない。

「……何とかしなくちゃね」

不器用ながらも弥生は切られた髪を気づかれないようにまとめる。短くなった部分をピンで止め、残りの髪はシュシュでまとめた。よく見なければ切られたことには気が付かないだろう。

「よし！」

ぎゅっと握りこぶしを作り、大きな硬貨の感触を思い出す。夢を思い出せば怖いものはない。そう言い聞かせた。そして、終電ギリギリまで働き、重たい足を引きずりながら帰宅する。

そしてそのまま鏡も見ずにシャワーを浴びる。

気にしないように、ひたすら無心で全身を洗い、身支度を終える。そしてそのまま、ベッドに飛び込んだ。

眠れ、眠るんだ。と、暗示して目をつぶる。身体は疲労していたのか、眠りはすぐにやってきた。

「弥生」

「あさひさん！」

「……髪切ったのか？」

「いえ、あのこれは……」

「……なんだ。じゃあもういらないいな」

いらない。いらないって？

「もう、弥生はいらないいな」

待って！　と叫ぶ。手を伸ばすが届かない。旭に振り向いて欲しくて、弥生はもう一度叫ぶ。

「待って！」

自身の声で目が覚める。天井に向かって、手がいっぱいに伸ばされていた。見慣れた天井に今の出来事が夢だと知る。

夢にまで見るなんて、どれだけ旭の存在が大きいのだろうか。弥生は自嘲するように笑った。ひとしきり笑った後に、大きなため息をついた。

「最悪だ……」

身体を起こし、スマートフォンで時間を確認する。五時と表示されているのを見て、どっと疲れが押し寄せた。時間にすると五時間は寝ているはずなのにちっとも眠れた気がしなかった。そして、また眠れる気もしなかった。

「……もう起きよう」

頭をがしがしと掻《か》く。すると、一部分だけ短くなった髪が流れ落ちてきた。あれほど大切にしていたのにどうして……という想いがいまさら浮かんでくる。そして、もしかしたらあの夢は正夢なのかもしれない。このまま会いに行ったら、同じことを言われる。そんな絶望に襲われ、弥生は薄暗い部屋で立ちすくんでしまった。


疲れた顔を隠すために、いつもより化粧が厚くなった。ざんばらな髪の毛をごまかす作業にいつもの倍以上時間がかかったため、早く目が覚めてよかったかもしれない。ともあれ、弥生にめそめそしている時間はなかった。

「ありがとうございました」

ｅｃｒｉｎを購入してくれた客の背中に頭を下げる。顔を上げると無意識にため息が出てしまう。いけない、と深呼吸をすると、幾分心も落ち着いてきた。

本日のイベントは、虹色文具の新作、旧作の販売と実演をかねた地域交流イベントだ。今年は託児サービスを設置したおかげか、家族連れが多く来場している。子供向けイベントも開催するため、あちこちに笑い声が響いてとても賑《にぎ》やかだった。メインは一般客としているが、業者なども来場し、商談が始まることがある。そのため、奥には商談ブースも設けている。

そして、弥生の企画したプチネイルや、ハンドマッサージ、簡単なヘアメイクのブースも思わぬ反響を呼んでいた。予想外の人数に行列もできていたが、一施術、五〜十分以内にして欲しいと予《あらかじ》め依頼をしていたため、それほどの混雑は発生しなかった。綺麗《きれい》になった女性たちを見ると、荒《すさ》んだ心の慰めになった。

「あの、このボールペンってまだ残ってますか？」

「はい！　ありますよ！」

ホームページでｅｃｒｉｎの紹介ページを見たのか、抱っこ紐《ひも》スタイルの母親たちが来てくれた。販売していると言うと、見てみたいと言ってくれた。実際現物を見て、即決してくれる人もいれば、思案して迷って迷って迷って……買ってくれる人、手に取るが、それだけの人。反応は様々だった。その姿が、硬貨を握りしめて駄菓子屋に走った幼少期の自分と重なる。そして、買ってくれた人は皆、頬を紅潮させ目を輝かせていた。

用意した数は五十個。イベントが始まってから一時間も経っていないが、残りはあと一桁となっていた。順調な売れ行きに、弥生はほっと胸をなでおろした。

「おはようございます」

「はい！」

販売テントの中で大きく息を吐いた弥生の背中に声がかけられた。勢いよく振り返ると、どこかで見た顔だった。

「あ……！　福西《ふくにし》百貨店の藤田《ふじた》部長」

「覚えていてくれていましたか?」

「もちろんです。来てくださったんですね」

弥生に声をかけてきたのは、地元百貨店の営業部長だ。以前、ecrinの売り込みで話をさせてもらったのは記憶に新しい。

「来させていただきました。盛況ですね。何よりです」

「おかげさまで……」

弥生は頭を下げる。すると、営業部長がつられた様に頭を下げた。

「これが、先日説明させていただいたecrinです」

「パンフレットよりも、実物はもっと素敵ですね。今日は販売も?」

「はい。ありがたいことに残りもあと少しです」

「本当ですか。よかった」

胸を摩《さす》った営業部長は、並んでいたecrinの箱を一つ取り、弥生の目の前に差し出してきた。

「一つ頂けますか?」

「……え?」

「妻がね。パンフレットを見て、これが欲しいって。出産頑張ったご褒美《ほうび》に買ってくれとせがまれました」

そう言った営業部長は、施術ブースに視線を移した。つられて弥生も視線を移すと、へアセットをしてもらい、喜んでいる女性が目に留まった。

「去年やっと子供が生まれまして。妻は子育てにてんてこ舞いなんですよ。それで今日託児所があるっていうから子供を連れて遊びに来たんです」

「そうだったんですか」

　まさか営業部長が来ると思っていなかった弥生は相槌を打つだけで精一杯だった。代金をもらい、自社ロゴの入った袋に入れて、恐る恐る商品を渡す。

「ありがとうございました。気に入っていただけたら嬉しいです」

「……ぜひ、うちでも扱わせて欲しいな」

「……え？」

　そう言って営業部長が一枚の名刺を取り出した。

「今日はあくまでプライベートだけど、うちで専売できるセットを作ってもらいたいと思っています」

「あ、っと、それは」

　弥生は差し出された名刺を受け取る。そこには、営業部長ではなく『朝日グループ株式会社　福西百貨店　商品仕入れ部統括部長』と書かれていた。

「四月に移動になりました。それで、もし虹色文具さんさえよければ、第二弾。うちとコラボして限定商品を作りませんか？」

　弥生は名刺と部長の間で視線をいったりきたりしてしまう。朝日グループの名を知らないものはこの界隈《かいわい》ではいない。そして、そのグループを代表する企業である福西百貨店からの依頼。多すぎる情報に、弥生は頭の処理が追いつかなくなっていた。そして、そんな弥生を見て部長がぷっとふきだした。

「驚かせてしまいましたか。商談ブースに寄っていきたいところですが、今日は妻も子供もいますので。そうですね、落ちついたら一度打ち合わせしましょう」

「……は、はい。ぜひ」

「それまでに第一弾、売れることを願っています」

では、と去っていく背中に向けて弥生は頭を下げる。そして、やったと何度もガッツポーズをする。認められた。自分の夢が認められたと、心の中で叫ぶ。

少しだけ余裕ができた。口角を上げるのに、必要以上の筋肉を使わずにすみそうだった。

その後も、客はひっきりなしにやって来た。そして、イベント開始二時間でｅｃｒｉｎはすべて売り切れになった。売り切れ後も来場する人が多く、買えなかった人も出てしまった。その人たちには改めて時期や販売店の説明する。

とても充実した時間だった。自分のキラキラを誰かと共有できたことが素直に嬉しかった。月末の本販売が始まったら、どうなるのだろうと期待してしまうほどに。

あらかたのイベントが終わりに近づくと、緊張が緩んだのか強烈な喉の渇きを覚えた。客もまばらとなり、自分が抜けても問題ないだろうと弥生は自動販売機に向かった。

ミネラルウォーター片手に、ひと気のない廊下を歩く。一人になって冷静に今日のことを振り返りたかった。一階のイベント会場を抜け、二階のソファ席に腰を下ろす。ミネラルウォーターを口に含み、ほっと息をつく。やっと落ち着けたと思ったところで、場に似つかわしくない賑やかな声が聞こえた。

「旭さん、そっちじゃないですよー！」

「コバ、静かにしろ。そんなこと知ってる」

聞き覚えのある声だった。

なぜ、旭がここにいるのだろう。

勢い余って、弥生はソファ席から立ち上がる。しかし、勢いがよかったのはここまでで、弥生の足は縫い付けられたように動かなくなってしまった。そして、立ち尽くす弥生に旭が気づいた。目を見開き、こちらを見ていた。

どうして。

弥生の唇が音のない言葉を紡ぐ。

「弥生」

旭に名を呼ばれる。いるはずのない人物がどうして。弥生は戸惑いを隠せなかった。そうだこれはきっと夢だ。そう思った弥生は、夢から覚めるべく、旭のいる方向とは逆に向かって歩き出した。

「弥生⁉」

夢だ、夢だと何度も何度も自身に言い聞かせる。後から追ってくる声も足音もすべてが夢だと言い聞かせた。

「おい！　やよい！」

「あ、あさひさん？」

「コバ！　おまえは帰ってろ！」

後ろでそんなやり取りをしているが、自分には関係ないと心に言い聞かせ、だんだん駆け足になる。あれほど会いたいと願うと、白昼夢になって出てくるのか。弥生は自身の想いの強さに呆《あき》れてしまいそうだった。

「弥生！」

角を曲がって、階段を降りればイベント会場に戻れる。その時だった。足を前に進めていた筈《はず》なのに、身体が後ろに傾く。倒れる！　と目をつぶると背中が何かにぶつかった。

「……弥生」

吐息混じりの声が耳をくすぐった。優しいバリトンボイスは、聞きたくて仕方がなかったものだ。名前を呼ばれて、背中に旭の温《ぬく》もりを感じて、夢でないとやっと理解した。

「あさひ、さん」

「弥生」

そのまま旭の腕が弥生の身体に絡まり、抱きしめられる。弥生は今までにない距離に胸を高鳴らせた。この高鳴りが背中を通して旭に伝わってしまわないか心配になるほどだった。

「……どう、して」

「……三十過ぎの男を走らせるなよ」

弥生も旭も走ったせいか息が切れている。耳をくすぐる息が乱れている。

耳元で話さないで欲しい。くすぐったさに身をよじるが、弥生は抱きしめられたままだ。

「……何でって顔してる」

「……え？　夢ですよね？　私が作り出した夢……」

「夢なんかじゃない。きちんと呼ばれて、イベントに参加していた」

まさかいたのか⁉　と弥生は混乱した。混乱する頭でイベント内容を思い出す。

美容師の派遣担当は真理だった。県連盟に依頼したため、どの店から誰が来るかは当日にならないとわからない、と事前に聞かされていた。ＡＱＵＡももちろん候補の中に入っていたが、まさか地方イベントに旭が来ることはないだろうと思って安心していた。旭は雑誌がこぞって取り上げるような人気スタイリストだ。講習や研修、時々はテレビ局にまで呼ばれる有名人だからだ。

「連盟を通してうち宛におまえの会社の鈴木真理さんから依頼が来てた。優秀な後輩だな。弥生の名前も書かれてた。そんなん俺が行かないで誰が行くんだ」

抱きしめられていた腕が離れていく。ぬくもりも一緒に離れていく。先程まで身をよじって抜け出そうとしていたのに、自分勝手な寂しさを覚える。

「忙しくて来れなかったのか？」

シュシュでまとめた髪を旭に撫でられる。弥生は前を向いているため、旭がどんな顔をしているかわからない。けれども、旭は今きっと、弥生の髪を隅々までチェックしているに違いない。そして弥生は、思い出した。今自分の髪があまりにひどいということを。

「いや！」

切られた部分を隠すように手で押さえながら、弥生は旭から距離を取る。振り返った弥生は、今初めて旭の顔をまともに見た。弥生に拒否されたからだろうか。旭は目を見開き、驚愕《きょうがく》の表情を浮かべていた。

「……おまえ、その髪」

旭の手には髪をまとめていたヘアピンがあった。まとめていた髪が、虚《むな》しく弥生の手から落ちていく。

「あ、こ、れは……」

「……どういうことだ」

ヘアピンと弥生の髪を交互に見つめていた旭の瞳が鋭く細められた。なまじ美形なだけに、迫力が凄《すさ》まじい。問い詰める口調に弥生は身を竦《すく》める。

知られてしまった。弥生は旭から距離を取るように一歩後ずさる。

「……来い！」

珍しく声を荒らげた旭が一気に距離を詰めた。そのまま勢いよく腕を取られる。髪を押さえていた方の腕を取られ、短く切られた髪があらわになった。

「……なんで」

摑まれた腕によっぽど力が込められているのか。弥生は痛みに顔を顰《しか》めた。しかし、弥生の切られた髪を見た旭の方が何故か辛そうな顔をしていた。

「行くぞ」

「あ、やだ！　私、仕事が」

「おまえの後輩には連れ出すって伝えてある。問題ない」

え、と今度は弥生が驚く番だった。後輩とは、まさか。と思っていたら、階下から声が聞こえてきた。

「せんぱーい！　今日はせんぱいは片付け免除ですよ！　私、グッジョブだと思いませんか!?　よい週末を！」

真理がニコニコ笑顔で弥生に手を振っている。もしかして、真理は知っていたのか？　そう聞く暇もなく弥生は旭に引きずられていた。

「あ、あさひさん」

ビルの地下駐車場まで連れてこられて、弥生は正気を取り戻す。場に留まろうと踏ん張る。しかし、旭の力が強く、何の意味もなかった。

無駄な抵抗をしつつ、大きな四駆車の助手席に押し込まれる。なんとなく違和感を覚えたのは、助手席が左ではなく右だったからだろう。そのまま長い手が伸びてきて、シートベルトを引っ張った。旭の顔が近づき、弥生の胸はさらに動きを早めた。カチリと音がして、シートベルトが止まる。けれども旭が離れていかない。そろそろと視線だけ旭の方に向ける。すると、弥生を見つめる瞳と目が合った。

顎に手を添えられる。鋭い瞳に射抜かれ、逸らすことができなかった。

「弥生」

「あさひ、さ」

ずっと遠かった存在が今目の前にいる。それだけで卒倒しそうだったが、現実そうはいかない。吐息が混ざり鼻先が触れ合う。弥生が旭の名を紡いだ瞬間。

唇が柔らかなものに覆われた。

「ん、ふぁ」

旭とのキスは最初から容赦がなかった。薄く開いた弥生の唇に舌を捩《ね》じ込《こ》まれる。いきなりやってきた異物に、舌が縮こまる。呼吸もままならないキスに、弥生は旭の胸を叩いて抗議した。

「……ん！」

弥生の抗議に反応した旭の唇が一瞬離れた。弥生が思い切り息を吸ったのを確認すると、また唇が重ねられる。何度かそれを繰り返していくうちに、狭い車内に唾液の絡まる水音が響いた。最初は縮こまっていた弥生の舌も、いつしか旭の動きに合わせて互いの口内をまさぐっていた。

弥生も自分を止められなかった。しかし頭の隅で、『公私共に素敵なパートナー』の存

在がちらついた。

「ついやだ！」

旭の身体を力いっぱい押し返す。

「……公私共に素敵なパートナーがいるんでしょ！　こんなこと、しないで」

ぽろ、と落ちた涙が、旭が締めてくれたシートベルトを黒く濡《ぬ》らしていった。

「……」

「……」

車内が沈黙に包まれていた。ついでに空気もピリピリとしていた。

居心地の悪い沈黙をやり過ごすために、弥生は膝の上でぎゅっと拳を握りしめていた。

弥生が泣き始めてすぐに、車が動き出した。旭は何も言わなかった。

涙がすっかり乾いた頃、旭を盗み見る余裕も出てきていた。定かではないが、旭の横顔は怒っているように見えた。

受け入れていたキスを急に拒んでしまったのが原因だろうか。俯《うつむ》きながら、弥生は考えあぐねていた。けれども、旭も相手がいるのに弥生にキスをしたのが悪い。弥生は心の中で何度も何度も「旭さんのバカバカバカ」と旭を罵《ののし》っていた。

ならば車を降りればいい――。弥生はぼんやり思った。土曜日の街中は混雑しており、何度となく赤信号に進行を妨げられていた。車窓からのぞき見る人たちは皆笑っていて、弥生の気持ちとは正反対の気分に見えた。

ほらまた止まったよ。降りたら？

頭の隅で誰かが言う。けれども、弥生はそうしなかった。

——結局私は旭さんを好きだから。

ここで降りてしまったら、きっともう二度と会うこともないだろう。

最低だと知りながら、弥生は理性よりも本能を優先してしまった。

「降りて」

自己嫌悪に陥っていた弥生に声がかけられる。いつの間にか車は動きを止めていた。どこに連れてこられたのだろうかも確認せず、弥生はドアを開け、外に出た。すると、ＡＱＵＡの入っているビルの目の前だった。

今日は土曜日。美容室の営業日だ。またあの視線に晒《さら》されるのかと思ったら足がすくんだ。

胸が嫌な鼓動を打ち、弥生の背中にたらりと冷や汗が流れた。

「ここにいて」

怯《おび》える弥生に気づいていないのか、旭はそう声をかけて店の中に入ってしまった。ガラス張りの店は中の様子がよく見える。旭は車の鍵を受付の人に渡していた。

「あれ……」

受付が前の人と変わっていた。前はゆるふわパーマを靡《なび》かせた綺麗《きれい》な女性だった。旭の連絡先を握りつぶした人。その人がいない。今は男性になっていた。弥生がなぜ？　と思っているうちに、旭が外に出てきた。

「行くぞ」

「え?」

店に行くのではないのか? 新たな疑問を抱えたまま、弥生は旭に腕を引かれる。ビル横にある、小さな扉が開けられた。中に入ると明かりの役目を果たしていない電灯と、重苦しい鉄の扉。壁と一体化しており、気づくのが遅れたが、どうやらエレベーターのようだ。独特の機械音がし、扉がゆっくりと開いた。反対側にある正規エントランスにある吹き抜けのエレベーターとは真逆の、古ぼけたものだった。

引かれるまま中に入ると、旭が『二十』のボタンを押した。回数ボタンも一つしかなく、専用エレベーターということに弥生は驚いた。扉が閉まり、鉄の箱は弥生たちを上へ上へと運んでいく。どこに行くのだろうか。その疑問は解消されることは無かった。時間にして数十秒。沈黙を破ったのは旭だった。

「着いたぞ」

扉が開き、降りるように促される。摑まれていた腕はエレベーターに乗った瞬間に放されていた。それが少し寂しかったが、正しい距離感なのだと自身に言い聞かせる。ぎゅっと拳を握りしめて気持ちを落ちつける。

「入って」

ぴ、と電子音が聞こえたと思ったら、弥生の背中を大きな手が押した。振り返るといつの間にか旭が背後にいた。見上げると、相変わらず瞳を鋭くした旭と目が合う。

「くつ、そのままでいいから」

開いたドアの中に押し込まれる。

そう言われ、足元を見る。フローリングだけどいいのだろうか？　弥生の疑問など知っているかのように、旭に背中を押された。勢いのまま踏み出すと、部屋を覆っていたカーテンが一斉に開く。急に差し込んできた日差しが眩しく、目を細める。

「……わ」

二十階に来たということはわかっていたが、周りに高い建物がないせいか遠くの景色までよく見えた。フロア一面ガラス張りで、ほぼ三百六十度パノラマ。遮るものがないせいか、青空の中に浮かんでいるような錯覚を覚えた。

「空気が澄んでる朝は富士山も見える」

あっけに取られる弥生の背後で旭がその方向を指さす。そして、旭の指す方向に向かって軽く背中を押される。

ワンフロアの中に、ベッド、キッチン……人が住んでいる気配がある。しかし、一般の住居にはありえないものがいくつか存在していた。背中を押され、いつの間にか『一般の住居には無いもの』の目の前に立っていた。

「座って」

火曜日、旭と弥生の時間。その時と同じように、旭がスタイリングチェアに掛けるように促す。言われた通りに腰掛ける。そして、目の前には大きな鏡と、奥にはシャンプー台。

　ＡＱＵＡのサロンセットが部屋の中にあった。

「……えっと」

「ここなら気兼ねなくいられるだろう？」

　説明して欲しいのはそこではない。弥生の中にある疑問は尽きることがない。ここは旭の部屋なのだろうか。どうしてお店と同じ物があるのだろうか。疑問が次々と湧いてくる間にも着々と準備が進められていく。

「……どうしてこんなことになったのか知らないが、他人の手が残っている髪なんて見たくもない」

　もう二度とないと思っていた非日常がまた始まった。

　口を挟むことができない。旭は眉間に皺をよせ、笑顔ひとつないまま弥生の髪を切っていた。

　しゃき、しゃき、といつもより長い時間髪を切られていた。それもそうだろう。男性社員に切られた髪の長さは相当なものだった。耳が隠れるか隠れないか。そのくらいの長さまで切られていた。

「……かわいそうに」

「え？」

「事故か？　怖かっただろう？」

旭が短くなった部分の髪を撫でた。その手つきがとても優しく、弥生の心がずきりと痛んだ。

カットとブローが終わり、旭がまた髪に話しかけている。髪を気にするのはいつものことだが、こんな時までもなのか、と弥生は小さくため息をついた。すると、大きな手が首筋を撫でた。

「誰にも見せたくなかったのに」

「っあ」

施術中にもかかわらず、甘い声が漏れてしまった。

「切り終わった。見て」

弥生の甘い声など聞かなかったように、旭は白いケープを外した。初めて旭に切られた時よりも、ずっと短いショートカットになっていた。切りたいと願っていたはずなのに、落ち着かない。鏡の中の自分と目が合うと、涙の痕跡が残る瞳が不安そうにこちらを見つめていた。

「弥生のここに、」

「……っんぅ」

首筋に吐息がかかる。再度甘い色のついた吐息が漏れてしまった。いつもの客とスタイリストの距離ではなかった。

「ほくろが二つ並んでる」

「……あっ」

「そこに目《ほくろ》がいくと、こうしたくなるんだ」

チクリと首筋に鋭い痛みが走る。

旭が弥生の首筋に、唇を落としているのが鏡越しに見えた。

「誰にも見せたくなかったのに。俺だけが知ってるはずだったんだ」

鏡越しに目が合ったまま顎を摑まれ、上を向かされる。鏡には、頬を赤らめ、蕩《とろ》けきった顔をした女がいる。それが自分だと気づくのに時間がかかった。

「何を勘違いしているか知らないが、俺はずっと弥生だけを見ていた」

「うそだ！」

「嘘じゃない」

「雑誌で……公私共に……素敵な……パートナーって……」

旭の毅然《きぜん》とした態度に、弥生の方が萎縮してしまう。ごにょごにょと口籠りながら出る言葉は、どこか言い訳のようだ。弥生の主張に、旭が何かを思いついたように『あ』と口にする。そして弥生の前に、原因であるフリーペーパーを放り投げた。

「最後まで読んだか？」

「……え？」

「最後まで読んだのか？」

聞かれたことに答えないでいると、旭がページを開いて、押し付けてくる。差し出され雑誌を、弥生はかたくなに受け取らなかった。似合いの二人を見ていたくなくて、雑誌から目を逸らす。

「公私共に素敵なパートナーです。だって姉弟ですから」

　すると、そっぽを向く弥生の耳にそんな声が聞こえてきた。思わず顔を鏡の正面に戻した。すると、どうだと言わんばかりに、片方だけ口角を上げた旭と鏡越しに目が合った。

「見ろ。俺と一美は姉弟だ」

　もう一度押し付けられたフリーペーパーを今度は受け取る。そして、思わず閉じてしまったインタビュー記事にもう一度目を通す。

『姉弟ですから』

　次のページをめくると、確かにそう書いてあった。持っていたフリーペーパーが、弥生の手からするりと落ちていく。

「これで憂いは無くなったろ？」

　ぱさ、と乾いた音がしたのを合図に、二人の距離がゼロになった。

「ん、ぅっ」

　顎を持ち上げられ、上を向かされた。そしてそのまま噛《か》みつくようなキスがおりてきた。今度は先程とは違い、拒まなかった。

　スタイリングチェアを旭と向き合うように回転させられる。向かい合ってすぐに、空いているスペースに旭は膝を乗せてきた。そしてそのまま弥生にのしかかるように唇を重ねてくる。唇をこじ開けられ、舌が戸惑いなく差し込まれる。これ以上ないくらい上を向かされた状態でのキスだった。うまく呼吸ができず、旭の質のよいシャツに縋《すが》る。

「……ん、ぅ……っ、ぁう」

漏れる音は、言葉にならない。激しく舌を絡め取られて、逃げ場がない。まるで猫に追い詰められるネズミのように、舐《ねぶ》られていた。

「……やよい」

ちゅぱ、と卑猥《ひわい》な音と共に旭が離れていく。吐息の混ざる距離で名前を囁かれ、身体の奥底から熱が湧き出てくる。回るスタイリングチェアではバランスが悪いのか、旭は弥生と抱き抱えた。そのまま鏡を背にする形にして、申し訳ない程度に付いているテーブルに座らされた。そうして息付く暇もなく、唇が重ねられた。

「ふ……んぁ……」

今度は一方的ではなく、弥生も舌で応戦する。くちくちと唾液の絡まる音が広い部屋に響いた。先程旭のシャツに縋っていた手は、旭の首に回されていた。憂いがなくなり、安心して旭の側に寄り添うことができた。

「あさひさん……」

熱の篭った唇が離れていく。堪らず弥生が旭の名を紡ぐ。そして首筋に顔を埋めるように抱きついた。

「……三年だ」

「三年……？」

「弥生の夢が叶うのを待っていた」

何を、と聞く前に目尻に唇が落とされる。

「弥生の夢が叶ったら……」

「……叶ったら？」

ちり、と首筋に痛みが走る。先程旭が指さした場所に唇を落とされた。

「……んんっ」

「……ずっと、こうしたかった」

「あっ、ん……それって、」

「……好きだ。ずっと好きだった」

鼻先が触れ合う距離で語られる。

「うそだ……」

「嘘なもんか。カットモデル一人に休みの日を潰してまで会いたいなんて思わない」

両頬を旭の手で包まれる。ほんの少しだけ触れるキスが弥生に信じて欲しいと訴えていた。

「……私も、ずっと好きでした」

弥生の短くなった髪を撫でていた旭が、弥生の一言で蕩けるような笑みを浮かべた。

「知ってた」

「っあ……！」

弥生は鏡を背にして喘《あえ》ぐ。旭が宣言した通り、隠れていたほくろ付近を執拗《しつよう》に責められていた。幾度となく鋭い痛みを感じ、旭の執着心を知った。

「あと、つけちゃだめ……」

吐息混じりにそう懇願するが、もう遅いとばかりにもう一度首筋を吸われた。

時折見つめ合い、瞳で語り合ったあと、唇を重ねる。次第にそれだけでは足りなくなってきた。服越しの温もりでは遠い。直《じか》に熱を感じたい。そんなはっきりとした欲望が弥生の中に生まれていた。

「んっ！」

そんな弥生の欲望を読み取られたのか、旭の大きな手が弥生のささやかな膨らみを撫でた。

イベントで販売担当だった弥生は、いつものオフィスカジュアルではなく、スーツだった。ジャケットのボタンが外され、肩から袖を抜かれる。シャツのボタンも旭の器用な手によってすぐに外されてしまった。

「……あ」

弥生の口から戸惑いの声が漏れる。シャツも脱がされ、薄手のキャミソールと、その下には薄桃色のブラジャーが見え隠れする。ぷつ、と小さな音の後に、弥生の胸が一気に解放される。ささやかな膨らみが薄桃色の下着を押し上げた。

「かわいい」

三年間、一度もなかったあまい囁きに、弥生の全身をぴりぴりと電気のような刺激が駆け巡る。ほんの少し触れるキスの後、旭の唇が少しずつ下へ移動している。首筋、肩、鎖骨……移動するたびに、ちり、と小さな痛みを感じた。

「あぁ……ん」

薄い肌着の下から旭の手が入ってくる。自身の体温よりも冷たい手は、火照った身体に心地よい刺激となった。肌着とブラジャーが取り除かれ、素肌が顕《あらわ》になる。ひんやりとした空気のせいか、膨らみの先端がぷっくりと膨らみ、色づいていた。不思議と恥ずかしさは無かった。弥生を見つめる旭の瞳に、情欲が宿っているのを見つけることができたからだ。小さなテーブルに腰掛けていた弥生の背中が旭に抱えられる。自然と胸を突き出す形になった。すると、旭の唇に胸の先端が捕えられた。

「あっ！」

ちゅるちゅると唾液を絡められながら、頂を吸われる。ぴりぴりとした快感と胸にかかる吐息の熱が混じり、弥生は喘いだ。まるで飴《あめ》でも舐《な》めるように、旭に頂を舐め取られる。舌で押しつぶされた時には自分のものとは思えない声があがった。

「あ、さひさ……」

快楽をいなすため、弥生は胸元の旭の頭を抱き抱える。胸を押し付ける格好になり、もっと、もっとと強請《ねだ》っているようになってしまった。片方の乳房は、旭の大きな手にすっぽり包まれ、やわやわと揉《も》みしだかれていた。

「すげぇエロい顔してる……」

たまらない、と旭が呟く。そして、快感に溺れ、涙を浮かべた弥生の目尻に唇を寄せた。頬にキスをされつつ、両足をテーブルの上に乗せられた。どこぞのグラビアアイドルのようなポーズに、弥生は抵抗を示した。

「やっ……！　はずか、しい」

「大丈夫だから」

何が大丈夫なのかと問うよりも先に、ストッキングとショーツで隠された秘部を上下に擦《こす》られる。

「んん……っ！」

布越しでもこれほど刺激的なのに、実際触られたらどうなるのだろうか。弥生は蕩けきった頭でそんなことを考える。

「腰上げられる？」

耳に舌を差し込まれ、くちゅくちゅと水音を交えながら囁かれる。こくりと頷き、旭の指示した通りに腰を少し浮かす。

「いいこだ」

そう言われ、また唇が重ねられる。差し込まれた舌に翻弄されていると、下半身が空気に触れ、ヒヤリとした。

「あっ」

「右足上げて」

弥生が従うよりも先に、旭の手が右足にかけられ真っ直ぐに伸ばされる。すると、すぐさまストッキングとショーツが脱がされる。左足に心許《こころもと》なく残るストッキングとショーツがひどくいやらしいものに見えた。

自分のものなのに、弥生は思わず目を逸らした。その瞬間、びりびりとした感覚が中心部から全身を巡った。

「濡れてる」

「だ、ダメぇ……！」

すっかり濡れそぼった陰部を旭の指がまさぐっていた。入り口と、そしてぷくりと膨らんだ陰核を。愛液を擦《なす》りつけるように、弄《いじ》られる。強弱をつけて刺激を与えられると身体がびくびくと震えた。弥生の反応を気に入ったのか、旭の指が容赦なく責めた。

「あっあっあっ！　おかしくなっちゃう……！」

だらしなく開かれた口から涎《よだれ》が垂れている。拭う余裕もなく、弥生はただ喘ぐしかなかった。

「気持ちいい？」

「っ、いや、あっ！　ダメ！　おか、しく……」

乱れているのは弥生だけだった。旭のシャツに縋り、快感を逃がそうとするが無駄だった。陰核を、ぎゅっと押しつぶされたからだ。その瞬間弥生の全身が震え、達してしまった。

「……っ！　んんっ、ぁっ！」

引きちぎってしまうのではないかと言わんばかりの力で旭のシャツを握りしめる。蜜壺《みつつぼ》から達した証《あかし》である愛液がとろりと溢れ出てくる。整わない息を旭のシャツに押し付け、弥生はいいようのない疲労感と満足感に包まれていた。

「いった？」

言葉を発することすら辛くて、弥生は頷く。

ああもう、耳元で囁かないで。そんな思いを込めて、旭の胸を叩いた。すると、頭上でくつくつと笑う声が聞こえた。和やかな雰囲気に、全身の力が抜けた。しかし、旭の責めはこれで終わらなかった。

「ナカはどうなってる？」

「あっ！」

閉じられた蜜壺をかき分けるように、指が侵入してきた。戸惑いなく差し込まれた指が、狭い膣内《ちつ》を広げていくが、痛みは無かった。先ほど達したせいか、自分でもわかるほど濡れてぐずぐずになっているからだ。

「弥生は身体が小さいからかな？」

「ふ、ぁっ！」

旭の指が広さを確かめるように中をかき混ぜていく。その度にこぽこぽと愛液が溢れ出てくる。

「中も狭い」

「ひ、ひぁぁっ！」

優しく中を探っていた指が、抉るような動きを見せる。指の動きに合わせるように、弥生は甘い声をあげた。

「あっ、あ、あ、っぁあ……」

「入るかな……」

何が、と聞かなくてもわかる。生々しい旭の言葉に弥生は全身の体温が上がるのを感じた。

「……締まった。想像した？」

「や、やだ……」

くちくちと可愛らしい水音が、激しいものに変わっていく。指がいつの間にか一本増え、奥にある一定の部分を擦り始めた。

「あっ！　そこ、ダメぇ！」

「ん、大丈夫」

何が！　と詰め寄ることもできなかった。旭の指の動きが弥生のイイ所を見つけてしまった。重点的にそこを責められ、絶え間なく喘ぎ声が口から漏れる。口元に笑みを携え、旭は弥生を責め立てた。二度目の絶頂を迎えそうになった瞬間、じゅぽんと耳を塞ぎたくなるような卑猥な音を立てて中から指が去っていく。

「……あっ！」

「いきそうだった？」

絶頂に備えていた身体は、消え去った快楽を求めていた。

鼻先が触れ合う距離で、吐息を交わしながら旭は笑っていた。弥生の愛液でしとどに濡れた指を、旭は弥生の目の前で舐った。

「そろそろいいだろ？」

何がいいのかなど、もうわかりきっていた。旭の首に腕を回し、弥生の愛液で濡れた唇にキスをする。了承の意味を込めて重ねた唇の意図を旭は汲《く》み取《と》ってくれた。浅いキスを数度贈られて余韻に浸っていると、秘部に何かが押し当てられた。数度擦られたのち、熱が離れていく。どうしてと顔をあげると、小さな正方形のパッケージを咥《くわ》えた旭と視線がぶつかる。見せつけるようにパッケージを破る旭から目が離せなかった。薄い隔たりを装着した旭は再度弥生にのしかかってきた。

「ん、ふ……こ、こで？」

「そうだ。ずっと……」

ちゅ、という音とともに唇が離れていく。『ずっと』の後になにが続くのだろうか？待っていたが、言葉は続かなかった。

その答えなのか、指で慣らされた蜜壷をさらにかき分けるように熱い塊が弥生の中に入ってきた。薄い隔たり越しでも熱を感じる。指では届かない奥の奥まで広げられ、うまく呼吸ができない。

「あ、は……」

「ずっと、待っていた」

待っていた相手は弥生でいいのだろうか？　そう思うだけで嬉しさのあまり涙がこぼれ落ちてくる。ゆるゆると動く塊は、弥生に快楽だけを与えた。

「ん、はぁ！　あさひ、さ……」

「名前で」

鏡に押し付けられて、はしたなく足を広げたまま旭を受け入れていた。恥ずかしさなどもうどこにもなかった。旭に名を呼ぶように請われ、弥生は恥じらいもなく叫んだ。

「あっ！　はじめ、さん……すき、すきです」

「やよい……」

お互いの声色に余裕はなかった。互いに足りないものを補うように、求めあった。より深く繋がるために、膝裏を持ち上げられ、鏡と旭に挟まれる形となる。奥まで入ってきた熱い塊に翻弄される。声を抑えられない。弥生は旭に縋ることしかできなかった。

「三年間、鏡越しに弥生を見てきた」

「あっ、あっ……！　はじめ、さ」

「何度関係を壊して、何度抱きたいと思ったか」

これ以上ないくらい深く繋がった状態で呟かれた言葉を拾うことができず、どんどん零れ落ちていく。とても嬉しいことを言ってくれているような気がするが頭に入ってこない。奥を穿《うが》たれ、堪えきれない快感が弥生を支配する。

「頑張るおまえが……眩《まぶ》しかった」

「そこ！　あっぁ……だめなの……！」

ぽろぽろと自然と涙が溢れ出てくる。拭う余裕もなく、零れる涙は自然と頬をつたって落ちていく。時折旭が唇を寄せ、涙を拭った。その度に、愛を囁かれ、弥生はこれが夢だったらどうしようと何度も思った。

「はじめさ、わたし、……もう！」

ダメだと吐息混じりに懇願する。すると、首筋のほくろに、愛を囁いていた唇が寄せられた。

「っい！」

ぬるい舌が這った感覚の後に、再度強く吸われる。思わず顔を顰《しか》めてしまうほどの痛みだった。その痛みが夢ではないと教えてくれた。

「ぜんぶ、俺のものだよな？」

優しく、甘い声で確認される。この間も絶え間なく奥を突かれて弥生の頭の中は蕩けきっていた。それでも、旭の問いに答えるべく首を縦に振る。すると、旭が隠しようのな

て快感に身をまかせた。

い得意顔を見せた。

「や！　あっあぁぁあ！」

旭は、弥生の蜜壷を責め立てた。欲望に身を任せた抽迭《ちゅうてつ》に、弥生は考えることを放棄して快感に身をまかせた。

「んん、ぁあっ！」

「やよい……っ」

旭の眉間に深い皺《しわ》が刻まれている。余裕のなさそうな表情に、弥生は喜びが湧き上がる。弥生は旭の首に回していた腕の力を強め、耳元で囁いた。

「はじ、めさ……すき」

「……っ！」

それを合図に、旭の腰の動きがスピードを増す。そして、弥生は絶頂に達する。少し遅れて秘部の最奥にじわりと温《ぬる》い感触が広がった。

「はじめさん……」

「やよい」

未《ま》だ硬さを保つ塊が蜜壷から抜き取られた。快楽の余韻を残したまま互いの名前を呼びながら、唇を重ねる。すると、それはすぐに熱を帯びたものに変わった。待ってて、と一言囁いた旭が、白濁を受け止めた隔たりを取り去った。弥生の薄い腹に、旭の熱い塊が押し付けられる。そして、首筋にまた鋭い痛みを感じた。

「……次は、ベッドで」

キスの合間に、吐息を絡ませながら旭がそう口にした。弥生はすぐに頷き、旭の頬に唇を落とした。

明るかった部屋が暗くなり、それがまた明るくなるまで二人の情事は続いた。

6　二人の日常

六月中旬。今年は空梅雨と気象予報士が毎日テレビで言っていた。この日も空梅雨の日に当たり、日差しがさんさんと降り注いでいた。

「おめでとう！」

「お幸せにー！」

真っ白なドレスと、透けるようなレースのヴェールを被った花嫁が皆に祝福される。色とりどりの花びらが降り注ぐなか、歩いていく二人は、世界中のすべてから祝福されているようだった。

「……綺麗《きれい》」

「我が姉ながら化けたな」

祝福されている二人から少し離れたところで、弥生は美しい花嫁に見惚《みと》れていた。立食のガーデンパーティ。自由な空間の中で、弥生の隣には親族である元《はじめ》が立っていた。

本日は元の姉である、一美の結婚式だった。一美からぜひ参加して欲しいと頼まれ、弥生は今日この場にいる。あの日、弥生の心に刺さった電話の内容は、姉である一美のヘアメイクの相談だった。元の腕をよく知っている一美は、今日の装い一式を元に依頼していたのだ。

　身体を重ねた日に、旭はすべてを説明してくれた。近々式を挙げる姉の存在や、受付の女性が邪魔をしたことへの謝罪。それから、弥生への気持ち。

「ずっと好きだった」

　そう言われた時に、弥生はまた涙した。釣り合わない、そう思っていた劣等感が嘘のように消え去り、弥生の心の中は元でいっぱいになった。その幸せを大切に抱きしめ、今日この場にいる。

「あ、はじめさん！　お姉さん来ましたよ」

　質のいいスーツの袖を引く。元は面倒くさそうに頭を掻いたが、一美が近寄ってくるとすぐに姿勢を正した。

「来てくれてありがとう。はじめまして。元の姉の一美です。こっちが夫の義弘《よしひろ》よ」

「は、はじめまして。最上弥生と申します。え、えと」

「俺の彼女」

　何と紹介したらいいのか弥生は戸惑っていた。そんな弥生の戸惑いを知ったかのように、元がさらりと「彼女」と、口にした。弥生は気恥ずかしさと嬉しさが混じり、思わず頬を手で押さえた。

「あなたが噂の弥生《バンビ》ちゃん……確かにとってもかわいいわ。ショートがよく似合う」

「一美、触るな」

「今日のスタイルも元がやったの？　いやぁねえ。私より気合が入ってるじゃないの」

「一美」

「あら！　いいじゃない！　女同士話したいこともあるのよ！」

止める元を置いて、弥生は一美に手を引かれて、人の少ない場所まで連れてこられた。

何か粗相でもあったかと心配になる弥生の耳に、一美が唇を寄せてきた。

「あの子ね、昔から大切なものはずぅっと自分のそばに置いて異常に愛《め》でるタイプなの。どんなに年月が経とうとも飽きないの」

「……え？」

「服もずっと同じブランド。一緒に暮らしているならわかるでしょ？」

囁かれた内容を思い出してみる。確かに、クローゼットに入っている服のタグはいつも同じものだった。

「昔ね、我が家で猫を飼っていたの。元が一番可愛がっていたわ。大切に、大切に……閉じ込めちゃうくらい」

「……閉じ？」

一美の声色が低くなる。物騒な物言いに、弥生は身震いをした。

「バンビちゃん、閉じ込められないようにね」

そう言って一美の唇は弥生から離れていく。言われた意味を理解出来ずにぼんやりしていると、背後からたくましい腕に抱きしめられた。

「一美！」

「来た来た！　いやぁね、こわぁい」

「余計なこと、言ってないだろうな」

「余計なことって……なにかしら」

　そのまま元と一美は見つめあっていたが、先に元が視線を逸らした。けれども一美はにこにこと笑みを浮かべたままだ。小さく舌打ちして、元は弥生を抱えたまま一美に背を向けた。

「元の部屋、バンビちゃんのために作ったのよ」

　投げかけられた声は、小さく、二人には届かなかった。

「一美といると疲れる。早く帰りたい」

「もう、そんなことばっかり言って」

「おまえのここ、ほかの奴《やつ》らに見せたくない」

　元の指さす先には、今朝、コンシーラーで必死に隠したキスマークと二つのほくろ。昨晩の情事を思い出して、弥生は体温が上がる。

「もう！　もうもう！　こんな所、誰も見てないですよ！」

「俺が見てる」

　首筋を指でなぞられて、弥生は外にもかかわらず甘い声が出てしまう。やめて、と手を払うと捨てられた子犬のようにしょんぼりした元と目が合う。

「ずるい」

「俺からしてみればおまえの方がずるい」

ぐっと距離が縮まり、鼻先が触れ合う。そして、唇も触れ合う。

「……っ！」

「かわいい」

想いが通じあってから、こうして甘やかされることが多くなった。嬉しくて気恥ずかしくて……弥生は戸惑いを隠せない。そんな弥生を見越して、元は愛を囁く。

「愛してる」

元の一挙一動は、本当に心臓に悪い。

顔を真っ赤にした弥生は、元の背中を叩いた。

7　あふれる愛

「ｅｃｒｉｎの新作、作れることになったんです……」

「そうか。よかったな。次に繋《つな》がる仕事をしたと認められたってことだな」

空梅雨が去り、弥生の好きな夏がやってきた。弥生好みの少しぬるいお湯につかり、元に背中を預け、近況報告をする。声色もお湯と同じぬるさを含んでしまったのは、元が髪を洗ってくれているからだ。低い声が耳元で聞こえる。洗髪と元の声の心地よさの二乗で蕩《と》けてしまいそうだ。ゆらゆらと揺れているのは風呂の湯か。それとも弥生の頭か。どちらでもいいと心地良さに身を任せる。

「流すぞ」

その合図に、弥生は目を瞑《つぶ》る。ざざっとシャワーをかけられて、泡が湯船に落ちていく。たっぷりのお湯に浸《つ》かりながらシャンプーをしてもらうなどなんて贅沢《ぜいたく》なんだろう。泡が流れて、顔に流れてきたお湯を、手で拭う。同時に、天国だと呟《つぶや》くと、背後で笑い声が聞こえた。

「随分簡単に天国にいけるんだな」

「ええ？　これ以上の幸せなんてありませんよ」

　ふふ、と弥生は笑う。するとすっぽりと身体が包まれた。元の筋肉に覆われた硬質な肉体と、生肌の温もりに、弥生はまたも蕩けそうになってしまった。うっとりするような力加減。マッサージをしながらコンディショナーを髪に塗布された。少し置いてシャワーで流した後、元は浴室用の蛇口のコックを開いた。新しいお湯が勢いよく流れ出て、シャンプーやコンディショナーで汚れたお湯を外に押しやる。なかなかない経験に最初の頃はドキドキしてしまったものだ。

　すっかりお湯が綺麗なものに入れ替わった時、少し伸びた髪が肩に張り付く。元が執着していた二人の秘密《ほくろ》もようやく隠れるようになった。キスマークを残さないで欲しいと懇願しても何度も痕を残された。暑い日でもストールが欠かせない。秘密が髪に隠されるようになってもなお、元の執着は変わらなかった。濡れ髪を掻《か》き分《わ》け、元の指が首筋に触れた。

「……あっ」

　線を引くように撫でられる。同時に弥生の口から甘い声が漏れた。それに気をよくしたのか、唇が首筋に触れ、ちゅ、と小さな音。元なりに、跡を残さないようにと気をつけてくれているようだ。しかし、気をつけた分を取り戻すかのように元の手が、やわやわと弥生の胸を揉《も》み始めた。決して大きくない乳房は、大きな手にすっぽりと収まってしまう。物足りないのではないかと何度も思った。けれども、元はそんな弥生の想いなどお見通し

のようだった。

「かわいい。俺の手にすっぽり収まる」

「っあン……！」

揉み始められた頃から、少しずつ主張していたピンクの頂をくり、と捏《こ》ねられる。絶妙な力加減に、バスルームに響くほどの声が出てしまった。耳元で、元の低い声が、弥生の痴態を教えてくれる。胸への愛撫《あいぶ》と鼓膜を揺らす元の声に、弥生はもう何も考えられなくなっていた。

顎を摑まれ後ろに振り向かせられる。まず視界に入ったのは、元の唇だった。吸い込まれるように、弥生から近づく。最初は触れ合う程度、しかし、すぐに舌をねじ込まれ、口づけは熱を帯びたものに変わっていった。

唇を重ねながら、弥生は身体を元と向き合う形へと移動する。ぎゅっ、と首に手を回す。触れ合う素肌がとても心地がよかった。

「ん、……ふ、んぅ」

息をするのも惜しいくらいに唇を重ねる。元の手は弥生の腰に添えられていた。同時に、弥生の下で陰茎を蜜壷に擦りつけるように腰を動かしていた。蜜壷にあたる硬さを感じて、弥生の身体がぶるりと震えた。湯の中なので確かめられないが、弥生も元もおそらく絶え間なく蜜を垂らしているだろう。

しばらくは陰茎と陰部を擦りあっていたが、物足りなくなっていた。

一度見つめ合い、互いの同意を得る。風呂場に常備している避妊具を元が手に取る。装着する間も見つめあったままだ。準備ができるとどちらからともなく顔を近づける。ゆっくりと唇が重なった後、元の陰茎がゆっくりと弥生の中に入ってきた。

「……っ、あぁあ」

「っ、やよい、締め付けるな！」

元の焦ったような声色が遠く聞こえた。弥生は元の肩に手を置き、一心不乱に腰を動かした。ただ気持ちよくなりたいという一心だった。

じゃぶじゃぶと湯が揺れ、浴槽の外に飛び出していく。元は弥生の背中を抱き寄せると、そのまま小さな乳首に吸い付いた。そして弥生主導だったセックスに、自身の腰の動きを交えてきた。

「あっ、だめ！」

弥生の懇願虚《むな》しく、主導権は元へと移る。幾度身体を重ねても慣れることのない快感に、弥生はのまれていく。

「ん、んんっ……はじめさ……」

快楽に飲み込まれる寸前に、弥生は元の耳元で囁《ささや》く。

「すき、すきです」

「……っ！」

火曜日だけだった非日常が、毎日になってふた月。

元と住むようになってひと月。

時と季節が、風呂の湯のように流れていっても、弥生の気持ちは何一つ変わることなく元にそそがれていた。

「俺もだ、愛してる」

そして、元もまた同じだと思っている。

「……っ！　い、くっ」

耳から脳髄に響くような快感と愛を注がれ弥生は達した。広い背中に力いっぱい抱きつけば、苦しいほどの抱擁が返ってきた。遅れて、中で暴れていた陰茎が隔たり越しに弥生の中に精を放つ。腹の奥底でその感触を味わっていると、頭上で大きなため息が聞こえた。

「……悪い。また盛った」

「ううん。嬉しかった」

「のぼせる前に上がろう」

中から熱い塊が去っていく。中に埋められていたものがなくなり、弥生は喪失感を覚える。それが元に伝わったのか、額に触れるだけのキスが落とされた。

「そんな顔するな。また盛るぞ」

「っ、そんな顔って」

「寂しくてたまらないって顔」

「うそ！」

「うそじゃない。また可愛がってやるから。上がるぞ」

手を引かれる。勢いよく立ち上がり、また腕の中に閉じ込められた。生肌の温もりを感じると腹の奥底に熱が宿る。それは元も同じなのか、弥生の下腹部に熱い存在を感じた。

「……はじめ、さん」

強請《ねだ》るような甘い声。もう一つあった避妊具に手を伸ばしたのは、細い指だった。

ドライヤーの音が広いフロアに響く。舞い上がる髪から水分が抜けて、だんだん軽くなるのを楽しむ。風呂場での二度の情事のせいか喉の渇きがひどい。冷蔵庫で冷やされていた五百ミリリットルのミネラルウォーターを半分ほど飲む。

残りの半分を元に手渡すと、躊躇《ためら》いなく残りを飲み干した。ちょうど見上げる位置にある喉仏が上下する。流れる汗も相まって、壮絶な男の色気を放っていた。水を飲んだことで落ち着いていた胸がまた、高鳴る。思わず元から目を逸《そ》らし、慌てて深呼吸する。胸の高鳴りが落ち着いてくると、社長に言われたことを思い出してしまった。

「……はぁ」

思いのほか重たいため息が出てしまった。ちょうど元のブローが終わり、弥生の隣に腰を下ろす。

「どうした。新商品が作れると決まったわりには暗いな」

気遣いを含んだ声色で話しかけられる。広い広いワンフロアの中にある大きなベッドに弥生たちは座っていた。ふた月前、弥生は初めてこの部屋の存在を知った。その日に元に合鍵を渡されて、弥生の帰る家は元のいる場所となった。

「あっ、ごめんなさい。週明けからインターン生が来るので」

「ああ。職業体験？」

「そんなふうに言うとなんだかかわいい」

こうして話している間も、元の指に髪が絡め取られる。時々わざとなのか、耳や首など弥生の弱い場所に触ってくる。これでは話そうにも話すことができない。

「っん、やぁん」

「それで？　どうした？」

首を動かして、ぎっと元を睨みつける。すると、それすらもわかっていたように、元は右口角をあげた。その笑い方が意地悪げで、弥生はぷ、と頰を膨らました。

「聞く気ないでしょ」

「そんなこと……悪かった」

ぱ、と両手をあげて元が降参のポーズを取る。無防備になったたくましい胸に、弥生は飛び込むように抱きつく。硬い胸板に頰を擦《こす》り付《つ》けて、元を堪能《たんのう》する。

「おい。話す気がないのはどっちだ」

「だぁって。がら空きだったし。抱きつきたくなっちゃった」

上げていた両手が、弥生の背中に回る。優しい温もりに包まれて弥生は幸せのあまり口元が緩む。付き合うようになって、まず初めに「敬語をやめて欲しい」と言われた。三年間染み付いた話し方を変えるのは難しかったが、ここ最近やっと慣れた。砕けた口調のおかげか、元との距離がさらに縮まった気がしていた。

「元さんのここすごい好き」

「そうか」

「……なんかね、インターン生の指導を任されちゃって」

抱きしめられながら、頭を撫でられる。ちゃちゃを入れられなかったので、元は本当に話を聞いてくれるようだ。

「しかもさ、そのインターンの子、福西百貨店の御曹司らしくて」

「……へえ」

「今度の新作、福西百貨店とコラボするからその関係みたい。福西百貨店と繫《つな》がりの強い部署への顔見せの意味も兼ねてるんだって。だから、私に白羽の矢が……」

「まあ、受け取り方によっては弥生を信頼してるってことだよな」

弥生の髪で遊んでいた手が背中に回る。ぽんぽんと二度叩かれた。元なりの慰めらしい。

「わかってるんだけどね。やっぱりちょっとプレッシャー」

欲しかった慰めをめいっぱいもらった弥生は、さらに甘えるように元の背中に回していた腕に力を入れた。

「そうだな。……話くらい聞けるから」

ぎゅ、と抱きしめ返してくれた元の存在は、弥生にとって何よりの力になった。顔を上げて、頬に唇を寄せる。

「ありがとう……すっごく心強い」

弥生はそう言って、にっこりと笑った。すると、目の前の元も同じように笑う。吐息の混ざる距離の二人は、どちらからともなく唇を寄せた。そして、それはすぐに熱を帯びたものに変わる。

唇を重ねたまま、弥生は倒される。元の大きな身体につつまれて、ベッドの柔らかさを感じた。

「すき」

「俺もだ」

もうきっと離れることは無い。この時、弥生はそう思っていた。

8　物理的な距離

「では、今週から一ヵ月、福西薫《かおる》くんがインターン生として当社で働いてくれることになりました。インターンと言っても、皆と同じように実際に業務をこなしてもらいます」

社長が直々《じきじき》に紹介をすることで、福西の背後にある会社の大きさがうかがえる。皆一様に、姿勢を正している。弥生は社員に緊張を与えている福西を見て、若いなぁと少し外れた感想を抱いた。まだ学生だからだろうか。明るい髪は緩くパーマがかかり、彼の動きに合わせてふわふわと揺れていた。少し垂れた目が柔らかく細められると周りの女子社員から小さな悲鳴があがった。緊張が一気に緩み、いつものオフィスの雰囲気に戻る。

「よろしくお願いしまっス」

かわいさは認める。しかし、挨拶の語り口も軽妙で、若いってすばらしいと心の中で拍手をした。

「では、福西くんの指導は最上くんにお願いします。ｅｃｒｉｎの新シリーズの企画を一緒に進めてください。百貨店の傾向なども彼なら知っているだろうから。期待しているよ」

「……はい」

そこで朝礼は解散となる。それぞれが仕事に戻り、弥生と福西が残される。当の福西は弥生の言葉を待っているのかその場から動かない。普通教えてもらう人から挨拶に来るものじゃないの？　と、少しムッとしつつ、弥生は声をかけた。

「指導担当の最上弥生です。よろしくお願いします」

「福西薫です。ｅｃｒｉｎシリーズ、親父《おやじ》がめっちゃ褒《ほ》めてました！」

褒められたことに、弥生のイライラが喜びに変わる。しかし、それはあまりにも単純すぎるだろうと、咳払《せきばら》いをして自分を嗜《たしな》める。

「……言葉遣い、気をつけようね」

「あっ！　失礼しました。気をつけようと思ってはいるんですよね」

ぽりぽりと頭をかく福西は、本当に反省しているようにみえた。何となく毒気が抜かれ、弥生は息を吐いた。肩肘を張っても仕方がない。そんなふうに思わせる雰囲気が福西にはあった。

「では、頑張りましょう！」

「はい！　お願いします！」

かわいい子犬のような笑顔に、すでに絆《ほだ》されているなぁと弥生は自覚せずにはいられなかった。午前中は取引先に挨拶回り。午後は社内案内。自分の仕事がある中で、福西の相手をするには時間がたりない。慌ただしい一日が始まると弥生は手のひらを握りしめて気合を入れた。

しかし、気合を入れたのがつい三分前と勘違いするほど時間はあっという間に過ぎていった。ようやく自席につけたのは十六時過ぎだった。

「じゃ、ｅｃｒｉｎの説明をするからここ座って」

「了解でっす！」

言葉遣い、と弥生はもう一度注意してパソコン画面を福西に向けた。

「これ、新しいデザインっすか？」

「ですかでしょ？」

「……新しいデザインですか？」

よくできましたと弥生はにっこり笑って、デザイン画をカーソルで指す。新しいｅｃｒｉｎのデザイン案が二つ。前回のボールペンと同じデザインのシャープペンシル。それと、ボールペンと対になるスティックはさみ。最終案として二つまで絞っていたが、弥生が次に作りたい製品は心の中で決まっていた。

「ふーん……」

「どうしたの？」

「すごいっすね。弥生さんの大好きがいっぱい詰まってる」

福西の言ったことに、弥生は目が点になった。福西がしまったと小さな声で呟いた。

「あ、違いました？」

「……ううん、違わない」

弥生の返答に、福西が息を吐いた。よかったー！　と、また笑顔を見せる。弥生は驚きつつも、福西の言葉に反射的に頬を緩ませた。

「大好きなの。だから……きっと形にしてみせる」

弥生は決意をつぶやく。見つめる場所は、福西ではない。パソコン画面に表示された二つの弥生の夢だ。

「あの時と同じだ」

「ん？　何か言った？」

「いいえ。何でもありません」

「そう？　じゃあ今日はこのくらいにしようか」

月曜、しかも初日ということもあり、弥生は早めに仕事を切り上げた。弥生からの声掛けに、福西が明らかにほっとしたように大きく息を吐いた。「軽薄そうに見えても、緊張していたんだな」と、微笑ましく思いながら、弥生は帰り支度を始める。

「弥生さん、もう帰るんすか？」

「あのねぇ、すごく気になってたんだけど。弥生さんじゃなくて、最上さんでしょ？」

「実は友達に最上ってヤツがいて……なんかごっちゃになって間違えちゃいそうで」

だから弥生さんで！　とにっこり笑う福西を弥生は許してしまいそうになった。しかしふと我に返り、弥生は声を荒らげた。

「だめだめ！　ここは職場なんだから！　ちゃんとわきまえて！」

「職場じゃなきゃいいんですか？　じゃ、最上さんがタイムカード押したら弥生さんって呼んでもいいってことですか？」

とんでもない屁理屈《へりくつ》に、弥生は開いた口が塞がらない。福西百貨店の息子でなければアホ！　と怒鳴ってやるのに……と、弥生は苛立ちと呆《あき》れを飲み込む。

自分の心の平穏のために無視しようとバッグに黙々と荷物を詰めていく。最後にスマートフォンを手にすると、珍しい人物からメッセージがきていた。開かなくても、内容がトップ画面に表示されている。その内容に、弥生は思わず目を見開いた。そして、目にも止まらぬスピードで、スマートフォンをバッグの中に押し込む。

「福西くん、私、先に帰るけど大丈夫？」

「え、最上さん。せっかくだし飲みに行きませんか？　親睦を深めるっていうか……」

「……歓迎会なら週末あるけど」

「ほら、指導者としてっていうか」

「……それ、今日じゃなきゃダメ？」

福西は顎に手を当てて考える素振りを見せる。弥生は早く帰りたくてうずうずしてしまう。すると、福西は焦《じ》らすように、こう言った。

「今日は諦めます。弥生さん、早く帰りたそうだし。今度必ず二人で行ってくれるならいいですよ？」

「え、二人、で？」

こてん、と福西が首を傾げる。二人で、を強調されて言《い》い淀《よど》む。

「そう。二人で。いいでしょ？」

「……わかった！　わかったから！」

ずずい、と距離を詰められ、一歩後ずさりながら返事をする。やったと、喜ぶ福西を置いて、弥生はバッグを肩にかける。

「じゃ、私帰るね！」

「はーい。お疲れ様でした。また明日」

手を振る福西には目もくれず、弥生は職場をあとにする。多少無責任かと思ったが、少しでも早く帰らなくてはと、焦《あせ》っていた。

「うーん。前途多難だなぁ」

そんな福西の呟きに、弥生は気づかなかった。

エレベーターのボタンを押す。早く来い来いと願っている時に限って来ない。ソワソワと足踏みをしていたが、待ちきれず階段の方へ向かう。今日は元《はじめ》が選んでくれた高いヒールの靴を履いていた。あまり早く走れない自分に苛立ちながらも階段を降りていく。

時折ほかのテナントに入っている人たちとすれ違った。弥生の気持ちが表に出た慌ただしい挨拶に、相手は少し驚いている様だった。それでも、最低限の社会人マナーは守れているはずだと弥生は自分に言い聞かせた。

無事に一階に到着する。最後の一段は飛び降りる形となり、体操選手のように着地のポーズを取った。すると、階段横のエレベーターが数秒遅れて開き、勝ったと心の中でガッツポーズをする。

階段を駆け下りた勢いのまま、ビルの外に出る。すると、むあ、と生ぬるい空気が肌にまとわりつく。全身で夏の訪れを感じた。季節の移り変わりを教えてくれる空気は嫌いではない。余裕があれば、遠回りをして夏の空気を味わうところだが、今日はそうもいかない。

辺りをきょろきょろ見渡す。目当ての人物が見つからず、スマートフォンをバッグから取り出そうとした時、背後から待ち焦がれた声が聞こえた。

「弥生」

「っ、はじめさん！」

くる、とヒールを軸にして声のした方に振り返ると、愛しい人。思わず飛びつきそうになるのをぐっと堪えて、元の傍に駆け寄った。

「急な呼び出しなんて珍しいですね！　どうしたんですか？　お仕事は？」

「……ああ、今日はちょっと急用が入って。近くにいたんだ」

「そうなんですか。急用って？」

「……それを含めてちょっと話したいことがあるんだ。メシでも食って帰るか」

いつも弥生の目を見て話す元が、今日はあちこちに視線をさ迷わせている。どうしたんだろうという思いもあったが、お迎えという嬉しさが勝った。外食の提案に頷くと、元は左腕を少し曲げて弥生に差し出してきた。一瞬意味がわからなかったが、すぐにその意図に気が付き、弥生は自身の腕を絡めた。

「……へへ」

「なんだ」

「……初めてですね。こうやって外で恋人っぽいことするの」

腕を組むなんて夢のようだとはしゃいでいた。そうだな、と呟く元の声がいつもより少し低いことに弥生は気づかなかった。


「一ヵ月ほど留守にする」

入ったお好み焼き屋で頼んだミックス玉が焼きあがった頃に、元が重そうに口を開いた。ヘラでお好み焼きを切ろうとしていた弥生の手が止まった。

「……え?」

「夏木麗華《なつきれいか》のことは知っているか?」

「知っているも何も……」

弥生はヘラを鉄板のふちに置く。今元の口から出てきた『夏木麗華』とは、ここ最近まで地元テレビ局のアナウンサーをしていた人だ。年度末、テレビ局を退社して、東京でフリーアナウンサーになるとニュースになっていたことは記憶に新しい。

「あいつ、退社するまで俺が担当していたんだ」

「えっ！」

担当とは、元がカットしていたということだろう。有名人も御用《ごよう》たしと知っていたが、まさか夏木麗華までとは。弥生は改めて元が実力のあるスタイリストであることを認識する。それにしても、元の口調も気になった。『あいつ』と呼ぶほどの親しさに。

弥生は膝に手を置き、ぐっと拳を握りしめる。唇を一文字に引き締め、元の言葉を待つ。

「残務が片付いて、来月頭から本格的に東京に行くようだ。ただまだ基盤を築いていないからってことで勝手を知った俺がスタイリストとしてついて行くことになった。今日一美にそう言われて俺も驚いている」

弥生が想像していたよりも大ごとのようだ。それはつまり、芸能人のお抱えとなるということだろうか。どくどくと嫌な音を立てて心臓が鳴る。握っていた手にじんわりと汗が浮かんでくる。お抱えになったら、元は東京に行くのだろうか。こうして簡単に会える距離ではなくなるのだろうか。しかも、来月頭と元は言っているが、もう明後日《あさって》だ。

「向こう《東京》には有能なスタイリストなんか山ほどいるだろうから。そいつらに任せられるようになったら帰ってくる。だから大体……弥生？」

元の手が、眼前で振られる。弥生は我に返った。

「どうした？」

「……いえ、その。……大変ですね」

「俺は嫌だって言ったんだ。けれども、一美がもうすでに引き受けたっていうし、その間は自分が久しぶりに店に立つからとか勝手なこと言いやがって……いまさら断ると店の名に傷がつくのも明らかだしよ……」

弥生の置いたヘラを元が取る。そして鰹節《かつおぶし》の踊るお好み焼きを切り分け始めた。六等分にしたうちの一つを、弥生の取り皿に乗せてくれる。ありがとうとお礼を言い、湯気の上がるお好み焼きをじっと見つめた。当たり前だが、箸をつける気にはならない。

「どんなに長くても、ひと月だ。あと合間を見て帰ってくるから」

鉄板を超えて元の手が弥生の頰に添えられた。

「そんな顔するな」

そんな顔とは、どんな顔だろう。その気持ちが出ていたのか、元が困ったように眉を下げた。

「……わたし、どんな顔をしていますか？」

「寂しくてたまらない顔」

添えられていた手の指に唇を撫《な》でられる。指がそのまま差し込まれて、今度は弥生の舌先を撫でると、ゆっくりと舌の中ほどまで移動した。口内を愛撫《あいぶ》するかのような動きに、弥生の腹の奥に熱が帯びる。

「ああ、もう。心配で置いていけないな」

くちくちと、唾液を絡めて口の中を愛撫される。ソースが鉄板に落ちて、焼ける音にその水音はかき消された。個室でよかったと、回らない頭で考える。

「ちゃんと帰ってくるから。いい子で待ってろ」

そういうなら今すぐキスしてよ。と子供っぽいわがままが浮かんでくる。熱い鉄板越しでは無理な話だが、来月からの距離を考えればどうにでもなるでしょう？　などと、いじけた子供っぽい思いが弥生の心を占めていた。

濡れた指が弥生の口内から去る。そう言って元が笑顔を見せた。愛撫が無くなったさみしさか、それとも。弥生は首を横に振ってよからぬ考えを追いやる。

——元さんが優秀なことは私が一番知ってる。これからこういうことが何度もあるかもしれない。

慣れなくてはと自身に言い聞かせる。元の言葉を信じよう。弥生はぐっと拳を握りしめる。

「ちゃんと待ってます」

そのために、自分のできることをしよう。弥生はそう決意した。

「冷めちゃいましたかね」

「猫舌な弥生にはちょうどいいんじゃないか」

二人同時に割り箸を割る。切り分けてもらったお好み焼きはほどよい温度になっており、すぐに食べることができた。

「美味しい」

「だな」

それ以降、なかなか会話が続かず、元来、食いしん坊である弥生の箸も止まってしまう。すると、重々しい空気を切り裂くような優しい声が耳をくすぐった。

「後でちゃんとキスしてやるから」

「え……」

「そんな顔してた」

「うっそ……バレてましたか？」

顔に全部出てる。と指摘される。捻《ひね》くれた子供っぽい思いがすべてバレていたのかと、弥生は思わず自分の頬を押さえた。そんな様子を見ていた元が目の前で盛大に吹き出した。

「わら、笑った！」

「いや、わ、悪い。思ってることが表情にダダ漏れだから……」

「や、やだ！　見ないで！」

先程の重たい空気がすっかり払拭された。その後は今日の出来事を語りながら、冷めたお好み焼きを二人で完食した。


「あっ、も……もっとぉ、んっ」

「今日はやけに強請《ねだ》るな」

「っあ！　だっ……て」

広い広いクイーンサイズのベッドの上で弥生は足を広げ、痴態を晒していた。奥まで元を受け入れ、キスの愛撫を受け取る。

だってだってと自分が構ってちゃんになっているのは理解していた。けれども、明後日から元がいないと考えるとどうしても寂しくてたまらない。二人で夕飯を食べて帰ってきてすぐ、なだれ込むようにベッドに向かった。押し倒したのは弥生かそれとも元か。性急にことに及ぶかのように服を脱ぎ、重なる。油臭さが気になったが、構っている暇は無かった。一分一秒でも早く元と繋がりたかった。もちろん、先程したキスの約束も叶えてもらう。

「はじめさん……」

「……っ」

いく、と声にならない悲鳴があがった。元も弥生の絶頂に合わせて、弥生の奥の奥へ種を放つ。実を結ぶことはないが、隔たり越しに奥に注がれる感覚に弥生はこれ以上ないくらいの幸せを感じていた。

「……心配だ」

「え？」

「置いていくのが、心配だ」

弥生の首筋に顔を埋めた元がぽつりとつぶやく。まったく子供扱いして、と弥生は抗議の意味を込めて元の肩を叩いた。

「子供じゃない」

「子供じゃないから言ってるんだ」

あー！　と叫びながら元がガリガリと頭をかいている。きょとん、と小首を傾げた弥生の頬にキスを落としてきた。

「……子供じゃないから心配なんだ」

同じ言葉がもう一度繰り返された。

その言葉の意味を、弥生はまだ理解出来なかった。

「弥生の所にちゃんと帰ってくるから。俺を待っていてくれ」

そして、髪で隠された弥生の秘密の場所に唇を落とす。顔をしかめるほどの痛みとともに、ずるりと熱い塊が抜けていった。

「必ず、帰ってくるから」

そんな言葉としばらく消えそうにないキスマークを残して、元は東京へと旅立った。

9　不穏な影

「……はぁ」

分厚くなった資料を揃《そろ》える。とんとん、と机を叩く音に弥生のため息が紛れた。元が東京に旅立ち、一週間が経過した。元の部屋は一人でいるには広すぎた。それに、あちこちに元の気配を感じてしまい、弥生は早々に一人暮らしのアパートに戻った。１Kの狭い部屋は弥生に安心を与えてくれたが、同時に心細さを感じていた。

――二人でいるのが心地よすぎるのよね。慣れちゃダメだってわかってるけど。

広い部屋で元と身を寄せ、語り合う幸せを知ってしまった。ダメだな、とわかっていても、ため息をつかずにいられない。

「どうしたんですか？」

弥生のアシスタントを離れ、それに伴い席が離れた真理が椅子のキャスターを華麗に転がして弥生のところにやってくる。

「まりちゃん……椅子でそんなことしちゃダメ」

「だあって！　先輩の隣じゃなくなっちゃったから－！　つまんなくて！」

「つまんないって……あはは、やだもう。笑わせないで」

真理の変わらない明るさに、弥生は久しぶりに声を上げて笑った。この流れでランチに出ようかなどと話していると、横やりを入れる声が聞こえてきた。

「あ、ランチですか？　俺も行きたいなー」

「福西くん」

「ええー。私とせんぱいのらぶらぶランチを邪魔するつもり？」

真理はわざとらしく腰に手を当てて福西の前に詰め寄った。そんな二人の軽いやりとりを見ていると、福西の『適応力』に驚いてしまう。福西百貨店の御曹司ということもあり、最初は皆、福西を敬遠していた。迂闊《うかつ》なことがあっては取り返しがつかないからだ。しかし、福西はその敬遠という壁を易々《やすやす》と飛び越えて皆の輪の中に入っていった。誰かが、「敬遠したボールを打つ某バッターみたいだ」と福西を例《たと》えており、思わず笑ってしまった。しかもその話を聞いていた福西は、「それ、俺のことですか？」と悪びれることもなく話に入ってくるものだから、本当に驚かされっぱなしだった。

「福西くん、今日は課長たちとランチって言ってなかった？」

「あ、やっべ。忘れてた」

「大切なことでしょう？　ちゃんとスケジュールは管理しておかないと。今はいいけど、実際に働くことになったら……」

「最上さん、やっさしい！　心配してくれてるんですね！」

人差し指を立てて、説教をしていたはずなのに。偉そうに立てていた指をまるごと福西に取られてぎゅっと握られてしまった。男性の大きな手に包まれて、弥生はここにはいない人物を思い出してしまった。

「あっ！　顔が赤い！　最上さん！　もしかして俺、脈アリ？」

ここにはいない人物はもちろん元のことだった。大きな手で撫でられ、触られることを思い出してしまい顔を赤らめた弥生に、福西の軽口が飛んできた。

「バカ福西！　せんぱいに慣れ慣れしく触るな！　離れなさい！」

しかし、深く追求されるよりまえに、真理が福西に釘《くぎ》を刺す。歳も近い二人のやりとりは微笑《ほほえ》ましく、自然と笑みがこぼれた。

——いまごろ、何をしているんだろう。

元々、元は『話したいことは会って話す』タイプだ。それに加えて、以前、客にプライベートな番号を知られて、ストーカーのように毎日電話をかけてこられたことがあったらしく、着信音が鳴るとその時の恐怖を思い出してしまうと話していた。それを聞いて以来、弥生は必用以上の連絡をしないようにしていた。それは離れている今も同じだった。弥生が一日の報告をしたためたメッセージを送っても、よっぽど忙しいのかなかなか既読がつかない。既読がついた頃には、一日の報告が一昨日の報告になっている……。そんなすれ違いの日々だった。それでも時間を見つけて、メッセージを送ってきてくれることがあった。

『おつかれ』

『つかれた』

『今ホテルについた』

など、簡素な文……とも言えないような言葉たち。それでもその一言に元の優しさと思いやりを見つけることができた。十倍の長さの返事を送りたいところだが、弥生は元への負担を考えていつも同じ文章を返信していた。

『お疲れ様です。早く会いたいです』

元を労《ねぎら》い、その中に少しだけ自分のわがままを含めたメッセージ。考えに考えて毎回同じ言葉を選んでしまう。けれども、この二言が弥生の想いすべてだった。

「最上さん？」

「せんぱい？」

二人から声をかけられ、弥生は現実に戻される。気がつくと二人に顔をのぞき込まれていた。

「あっ、ごめん。ランチ行こうか！　今日はうどんが食べたいな！」

「あっ、もしかしてせんぱい！　旭さんのこと思い出してましたー？」

「ちょ、まりちゃん！」

元とのやりとりを思い出していたせいか、真理のからかいに過剰に反応してしまう。やめて、やめないの攻防を二人でしていたら、低い低い、それは低い声が二人のじゃれ合いを止めた。

「あさひさんって誰ですか？」

「……福西くん？」

「あっ、旭さんって誰ですか？」

「ふふん！　それはね！　せんぱいの彼氏です！」

ばばーんと言いながら、真理が一冊のフリーペーパーを取り出した。どこから！　と弥生は慌てる。よく見ると自分のバッグが開けられ、弥生の『元コレクション』の一部が抜き取られていた。

「あのねぇ、超イケメンのスタイリストさんなんだよ。予約もひっきりなしで、お店も経営してて……」

元のインタビューの載ったページを指差し、真理が福西に説明をしている。弥生はどうしようもなく、二人の後ろで、「あ」や「えっと」と声にならない声をあげるしかなかった。

「イケメンスタイリストねぇ」

「かっこいいでしょ？」

「まあ、それは認めますけど。なんだかこうやって雑誌に載っているなんて、雲の上の人みたいじゃないですか？」

福西の少し棘のある声が耳に入り、弥生はビクリと肩を揺らした。

「なんか、弥生さんと合わなそう」
「……え？」
「全然別世界の人じゃないですか。こういう人にはもっと華やかな人が似合いそう」
弥生の中を何度も巡った言葉だった。改めて他人に言われ、弥生は黙るしかなかった。
最上さんの戸惑いを見抜いていますよ。黙った弥生を見つめる福西の目がそう語ってい
た。弥生はごくりと生唾を飲み込む。同時に嫌な汗が背中をつたった。克服したはずなの
に。きちんと蓋をしたはずなのに。こうしてほんの少しつつかれるだけで、あっという間
に不安が飛び出してきてしまう。
「ちょっとあんた！」
今、元は夏木麗華に同行している。華やかな世界に生きる人と一緒にいることで、もし
かしたら元も心変わりをするかもしれない。黒い感情がもやもやと溢れ出てきた時だった。
「せんぱいと旭さんの馴《な》れ初《そ》め知らないからそんなことを言えるのよ！　部外者は黙って
なさい！」
「……部外者って、そんなこと言ったら真理さんだって」
「うるさい、うるさい、うるさい！　私はいいの！　だって私も頑張って二人がくっつく
のに貢献したし！　ね、せんぱい！　こんな嫌なヤツおいてご飯行きましょ？」
真理の怒鳴り声で正気に戻った弥生は、いつの間に真理に腕を引かれていた。べ、と可
愛らしい舌を福西に向ける真理はとても頼もしく思えた。

「……冗談ですよ。すごいかっこいい彼氏ですね！　これじゃあ最上さんもメロメロになりますよー」

先ほどの冷たい雰囲気はどこへやら。福西はにぱっと効果音が聞こえそうなほど眩しい笑顔を浮かべていた。

がるる、と肉食獣のように唸《うな》る真理とそれをなだめていた弥生は、ころっと変わった福西の態度に、ぽかんとしてしまった。

「えっ？　からかっただけですよ。やだなぁ。二人ともー」

けらけらと笑う福西に、真理が先に反応した。

「冗談って、言っていいことと悪いことがあるよ！」

もー、と言って福西に肘を「このこの！」と当てている真理。そして、「いやだなぁ」とニコニコ笑う福西。先ほどの諍《いさか》いなどなかったように振る舞う二人を見ていた弥生は、何となく居心地の悪さを感じていた。

「大変失礼しました」

ここで弥生が福西を咎《とが》めれば、「冗談なのに」と自分が逆に責められそうだ。弥生は、若い福西の質の悪い冗談だと割り切る。しかし、少しずつ少しずつ、壁際に追い込まれているような。そう考えたら、急に息苦しくなって、弥生は慌てて深呼吸をした。落ち着くまで数回深く息を吸った後、じゃれる二人に向き合った。

「さ、まりちゃん。ランチ行こう。福西君は、課長たちの所に行く」

「は〜い」

二人同時に返事があったことに、弥生は安堵《あんど》し息を吐いた。いまだ胸に残る息苦しさに、弥生は気づかないふりをした。

金曜日の夜。就業後に弥生は真理と二人、ホテルのビアガーデンに来ていた。浮かない弥生に気づいた真理が、資料の中にこっそり『十九時　ビアガーデン予約してまーす！』と書かれたメモが忍ばされていたからだ。乾杯の後、ビールを呷《あお》った真理がすぐに本題を切り出してきた。

「福西。ありゃ、相当悪いヤツですよ」

「まりちゃん……気づいてた？」

どこから漏れたのか、福西も行きたいと駄々をこねたが、課長から飲み会に誘われしぶしぶ引き下がった。よかったと、ホッとした弥生を見かねたのか、真理が熱く語り出した。

「この間の冗談だって、質が悪い！　私がああしなかったらせんぱいが悪者になってた。人のいいふりして、腹の中はまっくろくろ！」

「まりちゃん……ありがとう。頼ってばっかりだね」

「いいんです。私、場の空気を読むの得意なんですよ。けど、せんぱい気を付けてくださいね。福西、絶対先輩に好意を持ってますって」

好意？　と問われると首を傾げてしまう。

「でも、よく見られてる気はする」

「それを好意って言うんじゃないですか？」

「うう－ん……」

何か違うんだよなぁと、弥生は腑《ふ》に落ちなかった。生ビールの泡がすっかり消え失《う》せ、炭酸が抜ける様を見つめる。福西の視線には、弥生が元に向けるような熱が伝わってこない。

一週間福西と一緒に仕事をして、感じたことを弥生は思い返す。仕事は至極真っ当かつ真面目に取り組んでいる。質問も的を射ており、そつのないものばかりだ。

弥生のプレゼンや資料作成についても、さりげなく協力してくれる。それに加えて、福西百貨店での人気商品の詳しい傾向など、弥生の手が届かない所にまで先回りして情報を集めてくれる。総合すると、福西はとても優秀だった。そんな福西が弥生に好意を寄せている。真理はそう断言するが、弥生の感じる印象は違った。

──観察されているような気がする。

時々熱のない視線でじっとこちらを見ていることには気がついていた。

「まあ、まだ判断するには早いよね」

「……せんぱい、大丈夫ですか？　なんか絆されてません」

「ううん。そんなことないよ。……それに、福西くんの言ってることあながち間違いじゃないもの」

頼んだポテトをつまみ、弥生は考えていたことを口にする。

「……華やかな世界で活躍してる元さんと私の間にはどうしても……距離、うん、距離があるよね」

「そんなこと！　せんぱいだって頑張ってるし！」

「ありがとう。でも、元さんみたいな仕事をしていると周りに綺麗《きれい》な人がたくさんいるでしょ？」

「……それはまあ、否定しませんけど」

「ね？　最初は付き合えるだけで嬉しかったのに……だんだん元さんの周りにいる女の人のことが気になっちゃうの」

ポテトで掬ったケチャップがテーブルに落ちる。ゆるいケチャップは落ちた衝撃であちこちに広がった。

「私だけ見てて欲しいって……。なんて傲慢《ごうまん》なんだろうね」

落ちて広がったケチャップを、備え付けの紙ナプキンで拭く。あちこちに飛び散ったケチャップは、弥生の白いシャツにもシミを作っていた。

「……そんな思いがこびりついて離れないの」

「……恋って罪深い」

「ほんとだね。このケチャップみたいに、洗濯すれば落ちるかな？」

「早めがいいですよ！　後々こじらすと落ちなくなります」

ほんとだね、と弥生はもう一つポテトを口に運ぶ。くすくすと笑えば、真理もつられて笑った。

「あーあ！　早く帰ってこないかなぁ」

「ほんとですねー！　あー、私も彼氏欲しい」

「そういう話無いの？」

「聞いてくれます？　この間の合コンで会った人が……」

真理の合コン話に、弥生は声を上げて笑った。しんみりした話は終わり、その後は久しぶりに楽しい夜となった。

「じゃあ、第二弾はスティックハサミなの？」

「はい。同デザインのシャープペンシルだとインパクトが少ないかと」

「ハサミねぇ。使う？」

常務がボールペンをぷらぷらさせながら、隣の席の女子社員に確認する。あのしぐさはあまり好きではない。毎度のこととはいえ、弥生は少しだけ苛立ちを覚える。隣の女子社員は「使います」と小さな声でそう返答していた。

「おそらく、ハサミは一括請求されてしまうことが多いと備品だと思います」

「だよねぇ。じゃあダメじゃないの？」

「だからこそ、作りたいんです」

デザイン案を映し出したプロジェクターを指しながら弥生は熱弁する。重役たちだけではなく、今日は福西百貨店の仕入れ担当者、営業担当者も見に来ている。そのせいか、いつもよりも大きな声が出てしまった。

「ペンケースを開けた時にあふれ出る贅沢《ぜいたく》感。スティックハサミを使うことで単調な作業も楽しいものへ。もちろん実用性のあるデザインにこだわります。選んでもらえるものを作ります！」

レーザーポインターを握りしめ、弥生はさらに声を張る。しん、と会議室が静まり返り、常務もぽろりと指先からボールペンを落とした。よっしゃ勝った！　と弥生は心の中でガッツポーズをとる。

「いいじゃないですか。スティックハサミ」

「え？」

「けれどももう少し何か欲しいな。福西百貨店で置くものだけになにか付けられる？」

沈黙を破ったのは福西百貨店の営業だった。まさかの付属品の依頼に、弥生は思わず課長、主任の座る席に視線をやる。すると、その二人が小さく頷く。

「福西百貨店限定のものですか？」

「そうそう。こっちも儲《もう》からないとだからさ。なにか欲しいよね」

「……何か」

弥生は顎に手を当てて考える。今すぐに答えを出さなければいけない雰囲気にプレッシャーを感じる。

全体をパールピンクとし、キャップを引き抜くとハサミになる。書類などに留められるように、クリップをつける。クリップ部分にはｅｃｒｉｎの象徴であるゴールドのクラウンをワンポイントとして付ける。

「……リップクリーム」

「……リップクリーム」

弥生のつぶやきに反応した誰かが復唱する。

見た目はそっくりで、中身がリップクリーム。円周をスティックハサミよりも細身にして、色違いのリップクリームはどうだろうか。文房具ではないが、福西百貨店は独自ブランドのコスメを展開している。弥生は思いつくまま口にする。

「同じデザインのリップクリームはどうでしょうか？　当社だけではなく、福西百貨店で展開しているブランドコスメとコラボという形で……」

福西百貨店のリップクリームは弥生も使用している。保湿力が高く、唇に艶が出るため、色がついていなくても唇を美しく見せてくれる。下手するとリップクリームがメインになってしまいそうだが、そこは前回のｅｃｒｉｎの売り上げと底力を信じるしかない。

「……そうだなぁ。うちの商品も絡んでくるならなにか宣伝したいなぁ」

「……え？」

「とりあえず最上さんたちはデザインサンプル仕上げてきて。私たちもリップクリームのサンプル作るから」

「あ、あの」

「デザインを詰めたいな。このあと時間ある？」

「あ、もちろん。でも、あの」

場の勢いで提案したことがどんどん話が進んでいく。弥生の戸惑いに気がついた福西百貨店の担当が笑顔を浮かべてこう言った。

「いいと思ったから。反対する理由ないよね？」

「……っ！　はい！」

持っていたレーザーポインターを放り投げて万歳をしたい気分だった。忙しくなりそうだったが、弥生には嬉しい悲鳴だった。

ぐるりと自社の社員に視線を送り、喜びを表現する。最後に目があった福西は、鳩《はと》が豆鉄砲を食らったような驚きの表情を見せていた。けれども弥生の視線に気がつくと、小さく親指を立てた。弥生はそんな福西に、握りしめた拳を上げて応えた。

「すごいですね」

盛り上がった企画会議が終わり、デスクで書類とにらめっこしていると福西が話しかけてきた。

「ん？」

「一瞬で周りを説得させましたね」

「んー？」

「考えていたんですか？」

「ううん。思いつきだよ。福西君が売れ筋のものとかの資料でくれたでしょ？　それが役に立ったんだよ」

サンプル作成依頼の見積書と現存の企画書を睨めっこしつつ、弥生は福西の話に耳を傾けた。聞くと言ってもほとんど流している。それくらい今の弥生には余裕がなかった。

「助かりました。ありがとう」

「……最上さんと俺の違いってなんだろう」

「……社会人経験かな」

「俺も……認めてもらえますかね」

誰に、と聞く気にはなれなかった。弥生は今自分の仕事のことで手一杯だ。福西の人生相談に付き合っている暇はない。

「これ、コピーしてきてくれる」

「相談にも乗ってもらえないんですか？」

「今すぐ必要なことなら考えるけど。でも、違うでしょ？」

急に距離を詰めてくる福西の額を人差し指で押し返す。ちぇーと子供のように拗《す》ねる福西の背中を見送り、弥生は小さく息を吐いた。

——認めてもらえたかな？

あの会議後、福西の視線が和らいだ。観察されているような居心地の悪さが無くなり、福西の力も抜けたように思える。一体なんだったのだろう。疑問は残るが、今は本当にそれどころではない。

忙しくなりそう、と微笑みながら呟いて、弥生は受話器を取る。目にも止まらぬ速さで制作会社の電話番号をプッシュした。

「もしもし？　虹色文具の最上です。お久しぶりです。ええ……送ったメールは届きましたか？」

すぐに電話に出た相手に、弥生は矢継ぎ早に要件を伝える。同時にスマートフォンのバイブ音が聞こえ、受話器を耳と頬で挟みながら、バッグを漁《あさ》る。表示されていたメッセージは、待ち焦がれていた愛しい人からだった。

『今日は電話できそう。十九時』

内容を理解するやいなや、弥生の声のトーンが上がった。

——今日は本当にいい日だ！

上がったテンションのまま、弥生は素早く仕事をこなしていった。

十九時。約束の時間ぴったりに鳴った着信音。目にもとまらぬ速さで通話ボタンを押す。まだ仕事中だったが、慌ててスマートフォンを耳に当ててフロアを出ていく。

「もしもし！」

『元気そうだな』

弥生の素早い反応に、スマートフォンの向こうから笑い声が聞こえた。鼓膜をくすぐる低い声に、弥生は思わずため息をついた。

「そちらはどうですか？」

『弥生、敬語』

あっ、と電話口にもかかわらず、口を手で覆った。スピーカー越しに聞こえる笑い声に弥生は張り詰めていた気持ちが解けていくのを感じた。電話の相手はもちろん元だ。

「……そっちはどう？」

『まあ、忙しくしてる。寝る暇もないくらいだ』

二週間ぶりの元の声に、弥生は心が弾む。声色も自然と甘えるようなものになってしまい、元に悟られないよう、一度咳払いをする。

『風邪か？』

「ううん。ちょっと自分に喝を……」

などと冗談を言っていると、受話器の向こうの音が聞こえてきた。

『本番十分前です！』

『演者さん、連れてきてー！』

『加納美穂《かのうみほ》さんはいりまーす！』

『よろしくお願いしまーす！』

誰でも知っている女優や男優の名前が飛び交っている。それだけならまだしも、元にも声をかけられているのが聞こえてきた。

『旭君！　やっと会えた！　あなた、腕いいのね。私の所、来ない？』

『あ、お疲れ様です』

元の声が遠くなり、人のざわめきが聞こえてくる。弥生は思わず、通話終了ボタンを押したくなってしまった。けれどもそれでは元に心配をかけてしまうと、彼の会話が終わるのをじっと待つ。弥生は自分の足元を見ながら、久しぶりに話せたのに落ち着かないなと思った。右手の腕時計を見ると、思いのほか時間が経っていた。そろそろ電話を切らないと、今日中に終わらせないといけない仕事の目途が立たなくなってしまう。そう思い始めたところで、元の声が戻ってくる。

『悪い』

「……本当に忙しそうですね」

『まあな。でも学ぶことはたくさんあるな。それにすごく刺激的だ』

元の声は弾んでいた。少なくとも疲れている様子は感じられない。声を聞いて安心したはずなのに、一向に消えない不安に戸惑いってしまう。予定は一ヵ月と言っていた。もうすぐ帰ってくるんですよね？　と聞きたいところをぐっと飲み込む。努めて明るい声を出して、弥生は自身の近況報告をする。

「そうなんですか。よかったです。私も楽しいです。今とっても」

半分本当で、半分嘘だった。それでも心配をかけまいと弥生は必死で自分を繕った。元はそんな弥生に気づいているのか、静かに話を聞いてくれた。

——ああ、会いたいなぁ。

声を聞けた嬉しさが、話していくうちに寂しさに変わる。離れている距離が憎くてたまらなかった。元を連れ去った夏木麗華まで恨んでしまいそうだ。弥生の声のトーンが沈みそうになった時だった。

「弥生さん。これ、できあがりましたよ」

「っあ、ごめん。福西くん。今行くね！」

『……福西？』

三人の声が入り乱れる。まさか福西が声をかけてくるとは思わず、弥生は慌てて振り返った。片手で「ごめん」のポーズを取り、福西に合図する。

『弥生、今のは』

「今の？　こないだ話したインターン生だよ。なかなか優秀なんだ」

『……』

元が急に黙ってしまい、弥生の呼びかけにも反応しない。

「元さん？」

『弥生』

元の息を吸い込む音が聞こえて、弥生は次の言葉を待つ。しかし、タイミング悪く、元を呼ぶ声がスピーカー越しに聞こえた。

「……呼ばれてますよ」

『……ああ』

「私も行かないと……」

『ああ』

「……身体に気をつけてください」

『弥生もな。無理するなよ』

短い返事とともに、繋がりが途切れた。弥生は真っ暗になった画面をじっとみつめる。

『元！　こんな所にいた！』

最後に元を呼ぶ声が聞こえた。その声は、この地域の住人なら誰もが一度耳にしたことのある声だった。昼のバラエティ番組、夜の地方ニュース。毎日どこかしらで見て、聞いていた人の声だった。

――夏木麗華だ。

一美の時も同じような黒い感情が顔を出した。あの時は、姉だという誤解だった。じゃあ、今は？

――大丈夫。元さんはちゃんと帰ってくる。

自分に言い聞かせるように、弥生はぎゅっとスマートフォンを握りしめた。

大丈夫。大丈夫。何度も自身に言い聞かせる。俯いたせいか、少し伸びた髪が頰をくすぐった。さらさらと流れる髪が、弥生を慰めてくれた。かつてライバルだった自分の髪が今は頼もしい友だった。

「弥生さん？」

「……福西くん」

「遅いですよ。みんな待ってます」

「うん。ごめん。あと、弥生さんはやめて」

「タイムカード押したあとだし。インターン生は五時きっかり退社って弥生さんが言ったんじゃないですか」

「……屁理屈《へりくつ》ばっかり言わないの」

——私にはこの髪がある。

頼もしい友に励まされた弥生は、顔をあげる。仕事は待ってくれない。弥生は拳を握りしめ、自身を奮い立たせる。すると、隣にいた福西が軽口混じりに、弥生に声をかけてくる。

「彼氏さんですか？　何を話していたんです？」

「福西くんには関係ありません」

「ありますよ。気になってますから」

先程の不安を振り切るように廊下を早足で歩く。福西のリーチが長いのか、あっという間に隣に並ばれた。それがまた憎らしく、弥生の口調がキツくなった。けれども当の福西はそんなことを気にする素振りもなく、にこにこと笑っていた。

「弥生さん、悩んでません？」

「悩んでません」

「そうですか？　格差恋愛って疲れますよね」

「……格差恋愛？」

「夏木麗華お付きの芸能界で活躍できるスタイリスト。かたやただのＯＬ」

「……なんで知ってるの？」

弥生の問いに、福西は答えない。口角を上げているが、目が笑っていない。ビー玉のような熱のない瞳に、弥生は恐怖を覚えた。認めてくれたと思ったのは勘違いだったのか。これまでに見たことのない福西の様子に、弥生は気圧されていた。

「超人気店のオーナー兼スタイリスト。予約が取れない有名な人で、今は夏木麗華の専属スタイリスト」

「……だからなに？」

「だって弥生さん、全然俺のこと見てくれないし」

「……私のことなんてこれっぽっちも興味ないでしょ？」

「あははっ」

努めて冷静に対応していた。それなのに、いつの間にか人気のない場所に追い込まれていた。静かな廊下に福西の笑い声が響く。まっすぐ歩いていたはずなのに。そう思ったが時すでに遅し。弥生は壁際に追い込まれていた。嬉しくもない壁ドンをされ、行く手を阻まれた弥生はどうにかして逃げ出す手段を考えていた。

「あー。おかしい。そっかそっかそんなふうに思われていたんだ」

涙目の福西はいまだに笑いが抜けきらない。そのせいか言葉がとぎれとぎれだ。

「……だってそうでしょう?」

「いや、興味津々。格差恋愛している弥生さんがどこまで頑張れるのかすっごく気になる」

なにを、と言おうとした唇に福西の人差し指が当てられる。静かに、と唇が艶《なま》めかしく動く。ぞっとするような色気が開放され、弥生は身を竦めた。年下で、まだ学生。けれども、目を細めて弥生を見つめる福西は、男としての自信に満ち溢れていた。捕食者と被食者になったような。そんな錯覚を覚えるほどだった。じわりと嫌な汗が浮かぶ。早く逃げなければと、弥生は焦ってしまう。

「俺、頑張る人好きだよ。仕事も恋愛も一生懸命な弥生さんとか超絶タイプ」

「……福西くんには関係ない」

「頑張っててよ。嫉妬でぐちゃぐちゃになった弥生さん、見てみたいな」

「……っ、悪趣味ね」

「好きなんだ。頑張って頑張って……最後に崩れちゃう人。そうなったら俺が優しくしてあげるから」

　弥生の唇を押さえていた人差し指が弥生の顎のラインをなぞる。弥生は艶めかしく動く指を、手ごとたたき落とした。

「バカにしないで」

「醜いくらい夏木麗華に嫉妬して、自滅もいいなあ。あ、彼氏にみっともなく縋って、自己嫌悪に陥るのも捨てがたいかも！　それでさ、ぼろぼろになったら、俺、優しくするよ。だからさ、弥生さん。もっともっとも一っと頑張ってよ。ね？」

　コンビニ行こ？　と言わんばかりの軽い様子で誘う福西に、憎しみ以上に怒りを覚えた。手を思い切り振り上げて、その勢いのまま福西の頬目掛けて振り下ろした。

　パシンっと高い音が静かな廊下に響く。

「何を狙っているか知らないけど」

　私があんたに心を寄せることは無い。と震える声で宣言する。まったく熱のこもっていない目で笑う福西。そんな目でタイプだの優しくするだの言われても何の説得力も無かった。

「まだまだ。こんなんじゃ諦められない」

「……仕事に戻る」

「……ですね。俺もこんな熱くなる予定じゃなかったんですけど」

　赤くなった頬を隠すこともせず、福西はへらりと笑った。あ、なにかのスイッチが切れた。弥生はその笑顔を見て理解した。

福西には、何かスイッチがある。

それが何かははっきりとわからないが、弥生と元に関係していることは明らかだ。

「……早くインターン期間終わらないかな」

「ええ！　本人を目の前にして言っちゃいますか？」

「……仕事は真面目にしてね」

「もちろん」

にかっと音が聞こえそうなほどの笑顔は仕事場でよく見る福西だった。あちらにもこちらにも敵だらけのような気がしてならない。気を引き締めていかないと、どこかで足元を掬《すく》われる。そう思った弥生は、ぎゅ、と拳を握りしめる。

廊下を歩く二人は、無言だった。

足が震えていると気づかれないよう、弥生は必死で前を向いていた。

10 確信

「ただいま帰りました、よー」

時刻は二十一時。いつもよりもだいぶ遅くなってしまったため、弥生は職場に近い元の家に泊まることにした。元が東京に行っているあいだ、空気の入れ替えやゴミの管理など頼まれており、今日はその一貫だと自身に言い聞かせる。

決して、声を聞いて寂しくなり、夏木麗華の存在に嫉妬しているからではない。

――今日は嫌なことが三つあった。夏木麗華の存在、福西の追求。それから……。

ふ、と息を吐いて、弥生は『嫌なこと』を振り切るように、服を脱ぎ捨てた。

元との思い出しかないバスルームでさっとシャワーを浴びる。ピンク色の洗顔料と元の髭剃《ひげそ》りジェルが並んでいるのを見て、自然と口元が緩む。そこからずるずるとなまめかしい思い出が蘇る。慌てて自分たちの痴態を振り払い、勢いよくシャワーのコックを閉じた。

ハーブのようなナチュラルな香りのするバスタオルで素早く身体を拭く。海外から直接購入している柔軟剤を使っていると言っていた。すん、と胸いっぱいに愛しい人の存在を吸い込む。幸せの香りで、嫌なことを一つ昇華出来たような気がした。

カップ付きタンクトップとショートパンツという涼しい格好に着替え、水滴が滴り落ちるまま弥生は窓を開放した。

本格的な夏にはまだ遠いのか、それとも二十階という稀有《けう》な場所ゆえか、窓を開けると季節のわりに爽やかな風が弥生の横を通り抜けていく。まだエアコンをつけなくてもよさそうだと判断した弥生は、タオルで髪を拭きながらキッチンに向かう。買ってきた缶ビールを飲みながら、簡単な夕食を口にする。

けれども、固形物は喉を通らず、ビールばかりが進んだ。ちょっと奮発したデリカテッセンの惣菜にごめんなさいをして箸を置いた。

また風を浴びたくなり、缶ビール片手に窓辺に立つ。風が風呂上がりの汗を拾い上げて、涼しさをもたらしてくれる。

「……ふぅ」

東京はもっと暑いだろうか？　元は今頃何をしているだろうか。元に思いを馳せて、夜空を見上げる。

「わたし、いつの間にこんなにめんどくさい女になったんだろう」

見ているだけでよかった。

時々、一緒にご飯を食べるだけでよかった。

それが今ではどんどんどんどん欲張りになっていく。

『頑張ってよ』

福西の言葉が頭をよぎる。何を、と最初はバカにしていた。けれども、もし、元が夏木麗華を選んだら。

一度頭の中に芽生えた想像は、一瞬で膨らんでいく。

元が夏木麗華の手を取り、本当に公私共に素敵なパートナーになったとしたら。

想像するのは簡単だった。お互いに切磋琢磨《せっさたくま》することで、さらに成果が上がる仕事。そこから恋が生まれるのは定番ではないだろうか。弥生との未来を想像するよりもずっとずっと簡単だった。

「……でも」

それでも、元は待っていろと言ってくれた。少しだけ、ほんの少しだけ弥生は前より強くなれた。

夜風が伸びた髪をすくい上げていく。弥生には愛されている証拠がいつでもそばにいた。伸びた髪を指でとく。しなやかで、艶もあり、そしてどんな時もスタイルの崩れない自慢の髪は、何よりも誰よりも愛されている証拠だ。また、戦友に慰められる。

「負けない」

誰もいない空に向かって、弥生は呟く。右手には缶ビール、左手にはスマートフォン。嫌なことの三つ目。スマートフォンに表示されたメッセージを弥生は繰り返し心の中で読み上げていた。

『あなたに元は似合わない。私の側にいる方がよっぽど輝ける』

フリーアドレスから送られてきたメッセージと写真。夏木麗華と、元がぴったり寄り添って撮られた写真だった。しかも元はこれ以上ない笑顔だった。見ようによっては浮気現場にもとれる。

けれども、弥生は気づいていた。この元の笑顔が『営業スマイル』であること。

──元さんは、普段あまりこういう笑い方しないものね。

実際に、写真を送りつけられて動揺した。福西の言葉もあって、一瞬落ち込んだ。諦めてしまおうかと考えた。

けれども、元に愛されている証が弥生を強くした。

同じことを繰り返して、失敗したくない。弥生は、手に持っていたビール缶を強く握る。ぺこ、と少々情けない音と一緒に中身がこぼれていく。

「みんなして、私をバカにして……」

くしゃ、ぐしゃ、と缶が潰れていく。

怒っていいところだと、誰かが言っている。

「なにが、私じゃだめよ。なにが、格差恋愛よ！　そんなこと、知ってるわーい！」

二十階にいるのをいいことに、弥生は空に向かってさけぶ。言いたいことは一つ。

「彼女でもない女とベタベタしてるんじゃねー！」

こぼれたビールと弥生の叫びが夏の夜のじっとりとした空気と混ざりあう。それを風が拾い上げて、弥生の横を通り過ぎていった。叫んだおかげか、気持ちが幾分落ち着いた。

どうやって弥生のアドレスを手に入れたのかはわからない。けれども、弥生には信じるべき愛の証があった。

「よっしゃ！　明日からまた、頑張るぞ！」

えいえいおー！　と誰にも聞かれない気合を入れた弥生は、こぼれたビールを片付けることにした。

「でもね。ホントは寂しいんだよ。早く帰って来てね」


「まりちゃん！　ここに連絡して！　いつ出来上がるかやんわり催促して！」

「はいっ！」

「課長！　書類確認お願いします！　データ送りました」

「了解」

今できることはなにかを考える。弥生にできることは、一つしかなかった。

——目の前の仕事を頑張ろう。

福西百貨店とのコラボ商品のおかげで、虹色文具は嬉しい悲鳴をあげていた。前評判を聞きつけた地元紙、文具雑誌から取材が入った。もちろん広報が対応してくれているが、開発者として弥生のコメントも掲載された。第一弾より注目をされているせいか、各店舗からの予約発注も前回よりも多い。社長から「ボーナスが楽しみですねぇ」という嬉しい言葉を頂いた。

「せんぱい！　午後の打ち合わせ三十分送らせて欲しいと連絡が」

「え！　ほんと？　んー、じゃあ予定通り出て、どこかで昼休憩してから行っちゃおっかな」

前回の時のように、張り詰めすぎない。真理からさんざん言われたこともあり、弥生はできるだけ息抜きをするようにしていた。弥生の言葉に真理が大きく首を縦に振って「行ってらっしゃい！」と言ってくれた。お言葉に甘えて、とバッグと資料を持つと背後から名を呼ばれた。

「最上さん」

「……なに？　福西くん」

「課長に今回の打ち合わせ同行するように言われました。俺もご一緒させてもらいます」

「……課長が？」

あの日から二人きりになることを避けていた。ちらりと課長を見ると、手を合わせている課長と目が合った。けれども、福西の方が少し上手だったようだ。無理やりねじ込んだなと弥生は小さくため息をつく。

「すぐに準備できる？」

りょーかいっす！　と敬礼ポーズを取る福西を横目に、弥生は気を引き締める。仕事だと割り切らなければいけないが、先日の怒りはいまだに忘れられない。それでも公私混同しないように、弥生はぎゅっと拳を握りしめた。

「あ、あそこのオムライスうまいんですよ。そこにしましょうよ」

「えっー⁉、横断歩道渡らなきゃじゃない。反対方向よ」

「あそこの街頭ビジョンの前通りたいんです」

なぜかを問うと、十二時からのテレビ番組に好きなひとがでるので見ていきたいと。少しばかり子供っぽい言い口に、弥生は目を丸くした。

「意外」

「え？」

「福西くんでも好きなひととかいるんだ」

意外な言葉に思わず、くすくすと笑ってしまった。そんなに見たいのであれば行こうと、誘う。横断歩道の方に向かうが、背後に気配がない。

「福西くん？」

「……お人好《ひとよ》しも過ぎますよ」

「え？」

「……見ればわかりますよ」

リーチの長い足があっという間に弥生を越していく。慌てて後を追うと、十二時になったのか街頭ビジョンのある広場に聞きなれた音楽が流れた。

「五分くらいですから」

音楽と人混みのせいか、福西が大きめの声で弥生に話しかけてくる。同じように返す気にもなれず、弥生は頷くに留めた。

福西が足を止めた場所に並び、ディスプレイを見上げる。聞きなれた音楽が終わり、国民的お笑い芸人が「今日のゲストは！」と高い声で名を呼んだ。その名を聞いて、弥生は石のように固まってしまった。

「夏木麗華さんです！」

「こんにちはー！」

弾《はじ》けるような笑顔は、同性の弥生でも見惚《みと》れるほどに美しかった。パッチリとした目に、左右対称に上がった口角、高い鼻筋、小さな鼻翼に、ぽってりとした唇。そして、見ようによっては恥ずかしさと緊張で赤く染められた頬。一言で形容するならば、美人。今一番見たくない人物、夏木麗華が大型ディスプレイの中にいた。

「麗華ちゃん、東京出てきたんやなぁ」

「はい。向こうでの挨拶参りが終わり、やっとです。これからよろしくお願いします！」

パチパチパチと大きな拍手に迎えられた夏木麗華は、観客席に向かって手を振る。

きゃーと悲鳴が聞こえて、夏木麗華の人気の高さがうかがえた。

「さて、今日は麗華ちゃんのプライベート写真を見せてもらうってことで」

「はい。何枚か持ってきました」

「うっわ！　これ誰や！　えっらいおっとこまえやんけ！」

コーナー紹介をテンポよく行った司会者が一枚の写真を取り出し、カメラに向ける。その写真には、夏木麗華のヘアメイクをしている元が映し出されていた。ヘアピンを咥《くわ》えて麗華の髪に向き合う姿は、ビジョン越しでも輝きが伝わるほどカッコいい。

「彼、私の専属スタイリストなんです」

「まじか！　これとちゃうんか」

司会者が半笑いを浮かべながら親指を立てる。その間に、麗華はくすくすと笑うだけで何も答えなかった。

「弥生さん、ピンチじゃないですか？」

隣で福西が何か言っているが、弥生の耳には届かない。じっとディスプレイを見上げ、夏木麗華の一挙一動を見守る。

「ホントに腕がいいんです。こんな髪型にして欲しいって言ったら何でもしてくれます」

自慢げに髪に触れる麗華。弥生はぐっと拳を握りしめ、唇を嚙《か》み締める。

「私のわがままを何でも聞いてくれるから、ほんと大好きなんです」

「おっ、おっ！　意味深やなぁ！」

けらけらと笑う司会者と驚きを交えた観客席のざわめき。そこまで見て、もう十分だと想い、弥生はディスプレイに背を向けた。

「あれ？　最後まで見ないんですか？」

「うん。もうよ～くわかったから」

思いのほか低い声になってしまった。背後で福西の笑い声が聞こえて、不愉快な気分が最高潮に達する。

少し早足で歩く弥生に、福西はあっという間に追いついた。

「これを見せたかったの？」

「バレました？」

「……ほんと、悪趣味」

「やばいんじゃないですか？　弥生さん」

右の口角だけ上げた福西が、面白《おもしろ》可笑《おか》しそうに話を蒸し返す。福西のスイッチが入ったのを確認した弥生は、足を止めて振り返った。

「おあいにく様。これではっきりしたから」

「……は？」

「元さんは、私のお願いなんて聞いてくれないの」

「……」

「私が髪を切りたいって言ってもいつも却下よ。お客様の要望には応えるけど、恋人《私》の要望はまるっきり無視。勇気をふり絞ってかわいくおねだりしてもびっくりするくらい無視よ、無視！」

「……それが？」

福西の目がすっと細められる。刺々しい雰囲気を醸し出した福西に対して、弥生は腰に手を当て、胸を張って対抗する。

「あのひとは私の秘密を守りたいから髪を切ってくれないの。誰にも見せたくないから。それが……私が……元さんに愛されている証拠だから」

弥生の首に隠された秘密を暴《あば》けるのは元だけだ。それが解放された時には別れが待っているのかもしれない。けれども、弥生が望んでも頑《かたく》なに髪を切ろうとしない元の執着は弥生の戦友がしっかりと証明してくれる。

「……福西くんが何をしたいかよくわからないけれど。かき回したって無駄だよ」

――待ってるだけじゃない。今、私がすべきこととちゃんと向き合うんだから。

胸を張って福西に宣言する。大きなディスプレイの中で夏木麗華が色々語っていたがもう気にならなかった。弥生はくるりと振り返り、一人で先に進む。言ってやったと清々《すがすが》しい気持ちで仕事に取り組めそうだとおもった瞬間、がくんと身体が後に引かれた。

「……すっげぇ。俺の予想外の展開！　弥生さん。やっぱり俺と付き合ってよ！」

なんでそうなる！　と叫びだしそうになるのを必死で堪えた自分を褒めて欲しい。

とりあえず福西の告白を振り払って弥生は打ち合わせに臨んだ。時折先程のことを思い出してしまい、ぼんやりしてしまったのは仕方が無いことだろう。その際のフォローを福西がしてくれた。またそれが弥生の苛立ちを煽《あお》った。

「どーしたんですか？　ぼんやりしてましたね」

「……誰のせいよ」

「俺のせいですかね？」

ニコニコと人好きのする笑みが胡散臭《うさんくさ》くて仕方がない。本当に憎らしいのは、弥生の早歩きに、長い足であっという間に追いついてくるところだ。

「やーよーいーさんっ」

「何よ」

「初日に約束したこと覚えていますか？」

「約束？」

やだなぁ、と笑う福西に、弥生は目を細めた。

「二人でご飯行くって言ってくれましたよね？」

「……あ」

弥生は三週間前の会話を思い出す。

「じゃ、必ず二人で行ってくれるなら」

「……わかった！　わかったから！」

福西の勤務初日に食事に誘われたが、元の迎えがあったために断った。その時に確かに約束していたことを思い出した。弥生は顔を手で覆い、自身の迂闊《うかつ》さを呪った。

「……言った」

「それ、今日で」

「……えぇ」

「俺の話、聞いてもらいたいので」

胡散臭さを隠さない笑みが逆に清々しくも見える。振り回されっぱなしだと弥生は項垂《うなだ》れる。しかし、考えようによっては、チャンスかもしれない。福西の狙いをはっきりさせるチャンス。恐怖がないわけではないが、のらりくらりと交わされるのはもうたくさんだった。

「いいよ。ただ、条件がある」

「いいっすよ」

相変わらず笑みを崩さない福西を弥生は見上げる。バチバチと火花が散るような睨《にら》み合《あ》いが続いた。

「店は私が選ぶ」

「了解っす」

「時間は二十一時まで。私が先に帰る」

「警戒してますね。でもいいっすよ」

「じゃ、予約しとく」

気持ちを固めた弥生の行動は早かった。スマートフォンをとりだし、あっという間に店を予約した。

弥生の選んだ店は、賑やかな居酒屋。あちこちで店員のハツラツとした声が飛び交い、じっくり話し合いをする雰囲気ではない。けれども、個室だったりしたら、何をされるかわからない。身の安全を優先した結果だった。福西はジントニックを頼んだ。たいして年齢は変わらないはずなのに、福西との差を感じる。弥生だって昔はカシスオレンジなどのかわいいカクテルを頼んでいた。けれども、いまはもっぱら生ビール派。年をとったものだと冷たい生ビールを一気に半分ほど呷《あお》った。

「それで？」

「ええ？　もう聞いちゃいますか？」

「早く帰りたいの」

「情緒ないなぁ」

はやく、と弥生が顎を使い、話の続きを促す。

仕方ないとばかりに肩を竦《すく》め、ジントニックに添えられているライムを絞りながら、福西がつらつらと語り始めた。

「俺、なんでもできるタイプなんだ」

「……はぁ」

「欲しいものは何でも手に入った」

「そりゃうらやましいことね」

「そのせいか、ほかの人が俺にないものを持っていると、どーしても欲しくなる時がある。そんな時に出会ったのが、弥生さん。初めて会った時から仕事を頑張ってる姿が可愛《かわ》いいなって思ってた。なにより、彼氏のことが大好きなところがいいよね。欲しくなっちゃった」

福西の話を聞いていると、おもちゃ屋に並んでいるおもちゃを試してどれにしようかなと悩んでいる子供のようにも見えた。おもちゃが女になっただけだ。悪びれもなく言い切る福西に、弥生はぞっとした。生ビールのジョッキを持つ手が少しだけ震えていた。そうしている間にも、福西の語りは進んでいく。

人の多い場所を選んだはずだったのに、弥生と福西のいる空間だけが削り取られた。そんな錯覚を覚えた。

「いっつも従順でかわいい子ばっかり選んでたけど。自立して、かわいくて、意思があって……今までと正反対でおもしろそうでしょ？　あっ！　そういえば、夏木麗華からのメールどう思った？」

「……あれ！」

「そう。俺がメールアドレス教えたの。夏木麗華、うちの百貨店愛用してくれてたから。お得意さんだから俺とも知り合いだよ。麗華さん、つついたらすぐ行動してくれて！　ね、ね？　傷ついた？」

人をなんだと、と怒鳴ってやりたかった。けれども、福西にはそれは通用しない。人を人とも思っていないヤツに何を言っても無駄だろう。弥生は緊張からか、すっかり渇いてしまった喉を潤すためにビールを流し込む。

「……傷ついてないと言ったら嘘《うそ》になる」

「まじかー！　それでもへこたれない弥生さん、すごいよなぁ」

目の前に座る福西も、ジントニックを呷る。

「やっぱりすごく欲しい。弥生さんのこと」

色のない瞳を真っ直ぐ弥生に向けてくる。驚くほど心に響かない告白に、弥生は大きくため息をついた。

「お断りします」

「……っ！　いい！　すごくいいよ！　俺が福西百貨店の御曹司って知ってて断るんだから」

「……どういうこと？」

「付き合ってくれないと、コラボなくなるよっていったら、弥生さんどうする？」

ごとん、生ビールの入っていたジョッキが倒れる。流れるビールも目に入らないほど、弥生は驚きに目を見開いた。

「……ひきょうもの」

「こわいなぁ。睨まないでくださいよ。よく考えてみてください。俺と付き合えばいいことばっかりじゃないですか。コネはできるし、これからの仕事やりやすくなりますよ」

まるで商談でもするかのように、福西にはつらつらと自分と付き合うメリットを語る。

当の弥生の気持ちなど置いてけぼりだ。店員がビールを拭きに来てくれたが、福西の語りは止まらなかった。

「……」

弥生は俯き、拳を握りしめる。来週にはリップクリーム、スティックハサミの両方のサンプルが出来上がる。周りもみんな第二弾の発売に向けて懸命に動いてくれている。それをここで終わらせるなんてできっこない。

「……ｅｃｒｉｎの制作を止めることなんてできない」

「じゃ、俺と付き合ってくれます？」

そう言って福西は何かを取り出した。嫌な予感がして、『何か』から視線を逸らす。しかし、その際、『福西グランドホテル』と書かれていたのが目に入ってしまった。地元ではトップクラスと言われる高級ホテルだ。その意味することを、鈍感な弥生でもすぐにわかってしまった。

「今日は水曜日。今週の金曜の夜、ここで待ってます。あ、俺の家で契約している部屋なので、フロントを通さず直接来てくださいね」

そう言って福西は、カードキーを目の前に差し出してきた。しかし、弥生が取れずにいた。すると、福西は首を竦め、カードを弥生の前に置く。そして、話は終わったとばかりに立ち上がって帰り支度を始めた。

「……楽しみだなぁ。夏木麗華も夢中にさせるイケメンスタイリストが抱いたカラダ」

通り過ぎる間際、耳元でそう囁かれる。言葉の意味に気がついて、弥生は勢いよく振り返った。しかし、福西はもう店を出ようとしているところだった。

「ホテル代はこっちで持ちますから、ここは奢《おご》ってくださいねー。あ、弥生さんの方が先に帰るんだっけ？　でもいいよね？　お楽しみは金曜までとっておくから」

福西がのれんをくぐり、引き戸を閉めた。もういないとわかっていても、弥生はもう一度叫ばずにはいられなかった。

「……ひきょうもの……」

ぎゅっと握りしめた拳は、力を入れすぎたのか、白くなっていた。こんな所にいたくないと、弥生は荷物を持って立ち上がる。そして、最後にテーブルに置かれた忌まわしい産物をじっと見つめる。

――行かない、行くわけない。けれども、もし福西くんが……。

自分の気持ちに嘘をつけないと、弥生はそのままカードキーを置いて出ていこうとした。戸口に手をかけた瞬間、『もしも』の最悪の出来事が頭の中によぎる。期待してくれている社員たちや顧客の顔が頭に浮かぶ。

ぐっ、と唇を噛み締める。じわりとぬるい液体がにじみ出てきて、鉄の味が口の中に広がった。

弥生は足音を鳴らして振り返った。すでに店員がテーブルを片付け始めていたが、カードキーはそのまま残されていた。

「あ、これ忘れものじゃないですか?」

テーブルを拭いていた店員があたりまえのように弥生にカードキーを差し出してきた。

「あ……」

弥生は反射的に差し出されたカードキーを手にする。そして、自身の思いとは裏腹に、キーをバッグの中にしまった。

——どうしたらいいの。

ありがとうございました! と威勢のいい店員の声を背に、弥生は孤独を抱えて帰路についた。

11　助けて、ヒーロー

「おい！　最上！　見積もり一桁多いぞ！」

「っ！　失礼しました！　今直します！」

木曜日。昨晩から福西の誘いをどうすべきかを弥生はずっと考えている。けれども策は何も思い浮かばない。その焦《あせ》りが出ているのか、仕事で些細《ささい》なミスが続いた。ついに課長から頭を冷やしてこいと追い出されて、弥生は一人談話室のソファに腰掛けていた。

はぁ、と大きく長いため息が漏れる。

気を紛らわすために買った缶コーヒーはただの飾りと化し、弥生の口に入ることはなかった。

「もーがーみーさんっ」

今一番聞きたくない声に、弥生の肩がびくりと震える。さっと血の気が引き、手にしていた缶コーヒーを握りしめる。コーヒーを握りしめる手が震えている。ゆっくりと振り返ると、ポケットに手を突っ込んだ福西がゆっくりとこちらに近づいてきていた。

「あれ、顔真っ青」

けらけらと笑う福西を力なく睨《にら》む。

「あははは！　すっげぇ絶望してる！」

「誰のせいだと……」

　俺のせいだよね。と福西は楽しそうに口元に手をあてた。いまだに笑いの収まらない福西を見上げて、これが夢だったらと何度も思う。けれども、胡散《うさん》臭い笑みも、冷たい缶コーヒーも、震える手指もすべて現実だった。

「考えて。俺のことずっと考えてよ」

「……っ」

　身を屈《かが》めて弥生に視線を合わせる福西に吐き気を覚える。いっそ倒れてしまえれば。そんなことを願っていた。

「弥生さんはニコニコ笑ってる方がいいよ。ほら、わらお？」

「笑えるわけ……！」

「あはははっそうだよね。はい、お疲れ様。明日待ってるね」

　突っ込んでいたポケットから何かを取り出した福西は、震える弥生の手を取る。そして、何かを握らされる。かさりと紙がこすれるような音が聞こえた。

「じゃ、俺これから課長と外回りなんで。いってきまーす」

　ぴらぴらと手を振り福西が去っていく。その背中を見おくりつつ、恐る恐る手を開くと、ミルク味の飴玉《あめだま》。

「……っ」

こんなもの、と弥生は床に飴玉を投げつける。ころころと転がる飴玉にほんの少しだけ罪悪感を抱いた。無駄な優しさなどいらない。

——脱出不可能な迷路に閉じ込められたみたい。

弥生は顔を手で覆い、談話室のソファに深く身を沈めた。

呼出音を聞きながら、弥生は夜空を見上げていた。六回、七回、八回……。忙しいのかな、と思い、スマートフォンの終了ボタンを押す。今日も元は電話に出なかった。元々時間は取れないと言われていたので仕方がないだろう。それでも弥生は、どこか期待をしていた。

ほぼ三百六十度のパノラマを目の前にして、弥生は何度目かわからないため息をついた。一人でいるのが辛かった。けれども、今一番一緒にいて欲しい人はいない。そんな悲しい状況に弥生は身を置いていた。

福西の目は本気だった。欲しいものを手に入れるために、平気で人を追い詰めようとする目だった。今まで弥生が出会ったことのないタイプの人間だった。何度もなんとかしようと考えたが、何も思いつかなかった。

「小説やマンガならここでヒーローが登場するんじゃないの？」

誰も返答してくれない広い部屋で弥生が呟《つぶや》く。夏のまとまりつくような重たい空気に呟きは消され、虚しさだけが残った。

「どうしたらいいの？」

頑張るって決めたのに。

弥生の唇が音にならない悔しさを吐き出した。このままでは、文房具を作る夢が消え去ってしまう。かといって福西の手を取れば、元を失ってしまう。その両方を守るすべを、弥生は持ち合わせていなかった。元にメッセージを送って泣きつけばいいのかもしれない。しかし、大切な仕事をしている彼の邪魔にはなりたくなかった。たとえ、夏木麗華の側にいるとしても。

「……どうしたらいいの」

誰にも拾われない願いは、涙とともに床に落ちていく。ぬるい感触が、弥生の頬をつたい、次から次へと床を濡らしていく。

窓から入り込む風が、重く湿った空気を運んでくる。少し前まで弥生を癒してくれたのに、今は息苦しさを増長させるだけだった。

「っ、う……っ」

嗚咽《おえつ》が止まらないほど涙が溢《あふ》れ出てくる。誰かに縋《すが》って、助けて欲しいと叫びたかった。その誰かは言わずもがな、ただ一人。

「っ、はじめ、さ……」

ヒーロー、助けてよ。

嗚咽混じりに呟くが、もちろんヒーローなどいない。それでも、弥生は願った。

「……たすけて、たすけて……」

――夢も、彼も諦めたくない。

たすけて。

泣きすぎてひりつく喉の奥から、弥生は声を絞り出した。その瞬間、がちゃり、と鍵の開く音が聞こえた。


もしかして、元《はじめ》が帰ってきたのかと思い、弥生は走って玄関に向かった。しかしドアが開き、顔を出したのは元の姉である一美だった。

「弥生《バンビ》ちゃん？」

その姿を認めた瞬間、弥生はへなへなと座り込む。

「どうしたの⁉」

弥生のただならぬ様子に、一美が慌てて駆け寄ってくる。

「いえ……元さんが帰ってきたのかと」

「……泣いてたの？　何かあった？」

「……」

「弥生《バンビ》ちゃん？　話して」

「……いえ、違うんです。ちょっと、インターンの人とうまくいかなくて。それでへこたれてました。一美さんはどうしたんですか？」

「前に来た時に書類を忘れたから……」

「そうなんですね」

へへへ、と力なく弥生は笑う。一美は顔を顰《しか》めて、弥生の肩を抱いた。

「ねえ、本当にそれだけ？」

弥生の瞳をじっと見つめて、一美が尋ねてくる。泣き腫らした顔では説得力がないと知っていた。それでも弥生は笑ってこの場をごまかそうとした。

――言えるわけがない。

一美に洗いざらい話してしまえば解決するのだろうか。するわけが無いと、弥生は心の中で首を横に振った。

「ほんと、それだけです。このところ忙しくって……疲れちゃったみたいです」

「……あのバカ弟。こんな時にそばにいないなんて。あ、でも元がいないのは私のせいでもあるのね……ごめんなさい。あいつは元々連絡をマメにするヤツでもないし……」

「元さんのことをそんなふうに言えるの、一美さんだけですね」

「本当にバカなんだから。バンビちゃんをこんなに泣かせて」

「ふふふ。ありがとうございます」

本当におかしくて、弥生の口から笑いがこぼれる。解決しないとわかっていても、恋人によく似た一美と話していると不思議と元気がでてきた。まるで元と話しているような気持ちになった。

弥生の行動に虹色文具の未来がかかっている。楽しみにしていると言ってくれた社長、きついことを言いながらも、進歩を気にかけてくれる常務、はっぱをかけてくれる強面《こわおもて》部長に、フォローを忘れない課長、主任、真理……。弥生が夢を叶えること後押ししてくれた面々が思い浮かぶ。全員がｅｃｒｉｎのために、全力を尽くしてくれた。

この瞬間、弥生の気持ちは決まった。

「……一美さん、書類ならカウンターに置いてありましたよ」

「あっ！　そうだった！　私ならいつでも話聞くからね！」

本当に忙しいのだろう。一美は綺麗な黒髪を揺らして書類を手に取った。そして、慌ただしく玄関に向かっていく。振り返った時に、一美はもう一度同じセリフを繰り返した。

「何かあったら言うのよ⁉」

「はい。一美さん、お元気で……！」

一美に会えてよかったと弥生は不気味なほどに凪《な》いだ心で思う。元によく似た一美に会えたことで決意することができた。

玄関を出ていく一美を見送る。まるで元と別れの時を迎えたように錯覚していた。力なく手を振り、心の中で元に謝罪する。

扉が閉まり、別れを受け入れた頃には、もう涙はすっかり乾いていた。

「……ここだ」

忙しい金曜日の業務を終え、弥生は指定されたホテルの前にいた。福西は実家の都合で本日欠席と連絡が入ったらしい。もしかして、行かなくていい？　喜んだのもつかの間、弥生のスマートフォンには福西から「待っている」とメッセージが入っていた。そのメッセージを見た瞬間、弥生は衝動的にスマートフォンの電源を切った。真っ黒な画面を見つめる。

もう逃げ道は残されていなかった。

弥生が選んだものは、「自身の夢と会社」だった。その決断は、元との別れを意味していた。自惚《うぬぼ》れではなく、ｅｃｒｉｎシリーズは虹色文具の目玉商品となりつつある。それを今止めてしまったら、売り上げ以前に信用問題に関わってくる。弥生はやっと摑んだチャンスを逃したくない。そして、会社を守りたい。弥生は心を決めていた。

——大丈夫。もう迷わない。

重たい足を引きずって入り口の前に進む。本当はこんなことしたくないと、頭の隅で誰かが叫び、泣いていた。遠くで反対する声を押しやり、弥生は回転扉の中に進んでいく。挨拶をしてくるポーターを手で制して、エレベーターに向かう。

渡されたカードキーの番号には『２００１』と記されていた。二十階。元と住む家と同じ階数だ。こんなの同じでなくてもいいのにと弥生は思わず舌打ちをしてしまった。少しでも時間をかせごうと、一から順に二十階のボタンを辿《たど》っていく。しかし、ようやく見つけたボタンを押しても反応がない。よく見ると十九階以上はカードキーを差し込むようにと小さな文字で説明書きがあった。

「……大学生のくせに、こんな贅沢《ぜいたく》なホテルって……」

呆《あき》れ混じりにそう呟き、カードキーを差し込む。すると、重たいエレベーターがゆっくりと動き出した。二十階に着くまでの数秒。透明な壁越しに、地方都市にしてはきらびやかな夜景が目に入った。福西グランドホテルは高台にあるため、街並みが一望出来た。ホテルの名が表すように、福西家の息がかかっているのが明らかだ。

普段の弥生ならば「綺麗！」とはしゃぐところだろう。けれども、見える景色は何もかもがくすんでいるように思えた。気分次第でこんなにも変わるのかと、弥生は自嘲《じちょう》気味に笑った。

――これが元と見る景色だったらどんなにいいか。

そんなふうに思ってしまい、弥生は慌てて首を横に振る。ほんの少しでも元のことを思うだけで決心がぐらついてしまう。ぐんぐん上がるエレベーターの中で、弥生は今一度、自分に問いかける。

――本当にこれでいいの？

――いいの。決めたの。

ちん、目的地に到着した音が聞こえた。重々しい扉が開き、弥生は震える足で一歩踏み出した。目的地は、エレベーターを降りてすぐ目の前。

一歩、二歩、歩みを進めるうちに、先程までの決意が足元から揺らいでいく気がした。

――本当にいい？

――……いいの。

――本当に？　本当にいいの？

三歩。ドアの目の前に立つ。カードキーを持つ手が震え、持っていたキーを床に落としてしまう。

拾い上げようとしても、足がすくんで動いてくれない。頭では福西に抱かれることを理解していても、心が追いついていない証拠だった。

――本当にいいの？

カードキーを拾って中に入らなくては。震える足を叱咤《しった》し、しゃがむ。しかし、手がカードキーに伸びていかない。

――本当に？

……やっぱり、嫌だ！　帰りたい！

弥生の決意が崩れ落ちた瞬間、ガチャリと目の前の扉が開く。しまったと思う前に決意虚しく、大きな手に摑まれた。

「嫌だ！」

そう叫んだ瞬間、弥生の身体は大きな身体に包まれていた。抵抗しようと身をよじろうとした。けれどもその力はすぐに弱まった。

弥生の使っているシャンプーと同じ香りがしたからだ。

「……だから置いていきたくなかったんだ」

ずっとずっと聞きたかった声が弥生の鼓膜を揺らす。

どうしていつも、私のピンチに駆けつけてくれるのだろう。

大きな胸に包まれながら弥生は、ぼんやりとそんなことを思う。震えが収まり、自分は助かったのだとやっと自覚できた。

「……はじめ、さん?」

「ああ」

「……ほんとに、はじめさん?」

「そうだよ」

声を聞いても信じられず、弥生は何度も何度も確かめた。匂いも温もりも知り尽くしたものだったが、それでも確かめずにいられなかった。そして、何度目かの問いの後、弥生の顎が掬《すく》い上げられた。

「はじめさんだぁ……」

心配そうに弥生を見下ろすその姿は、間違いなく元だった。その瞬間、緊張が解け、弥生の目から涙が零れる。細い筋だったが、すぐに涙腺が決壊し弥生の頬を盛大に濡《ぬ》らした。元の質のいいシャツを握りしめ、弥生は何度もその名を口にする。

「はじめさん、はじめさん……」

その度に、元は頭を撫で、背中をさすってくれた。普段から口数の多くない元だったが、今は黙って慰めてくれることがとてもありがたかった。声を上げて泣いたせいか、吃逆《しゃっくり》が止まらない。

「落ち着いたか?」

「……は、い」

ひく、ひく、と喉の奥からでる音がやっと落ち着いてきた頃に、ゆっくりと元の身体が離れていく。急にできた隙間が心細い。弥生は離れた距離を縮めたくて今度は自分から元に抱きついた。

「待て待て。どこにも行かないから」

「……っ」

いやいやと首を横に振る。すると、ふわりと浮遊感を覚えた。

「しかたないな」

「は、元さん!?」

「じっとしてろ」

いわゆるお姫様抱っこをされて、元は部屋の奥に向かっていく。その行為に、弥生は忘れかけていた福西の存在を再び思い出してしまった。

「いや!」

「弥生」

「いやだ！　行きたくない！」

足をばたつかせて、抵抗をする。元に何度か名前を呼ばれるが、この先に進みたくない、という気持ちが強かった。

「大丈夫だから。俺しかいない」

身体ごと元に抱き込まれた。元の心音が耳に入る。とくとくと優しい音は、弥生をすぐに落ち着かせてくれた。

部屋に続く扉が開けられ、目の前に大きなソファとベッドがあらわれた。男女の行為をあからさまにイメージさせるベッドを目にして弥生は動揺してしまう。

どうして元がいるかはわからない。けれども、もし元がいなければここで……。そう想像するだけで、収まっていた震えが再開する。

「大丈夫だ。あいつは来ない」

「……知っていたの？」

「一美からおまえの様子がおかしいと連絡があった」

弥生の目が驚きで開かれる。一美から元に連絡が行くことはまったく想像していなかった。元は、弥生をゆっくりとベッドに下ろしてくれた。そして、隣に腰かけて、事の顚末《てんまつ》を話してくれた。

「……でも、元さん……電話」

「出られなくて悪かった。現場では電源を切ることが多くて……一美は麗華のマネージャーを通して連絡してきたんだ」

「そうだったんですね……」

「それよりも弥生」

「……はい」

「何度も連絡したんだ。スマホの充電、切れてないか？」

元の言葉に、弥生は真っ黒な画面を思い出す。

「……あ」

「全然繋《つな》がらないから……生きた心地がしなかった」

元が弥生をそっと抱き寄せる。額に唇が押しあてられて、そこがじんわりと熱を持った。置かれている状況も忘れて、弥生は元との情交《トキ》を連想してしまった。

互いを一心不乱に求め合い、達する甘やかな時間を。想像するだけで、体温が一気に上昇してしまう。同時に、蜜が弥生の下着を濡らす。

弥生がそんな卑猥《ひわい》な妄想をしている間にも、元の話は進んでいく。弥生は太ももをすり合わせて、身体にこもった熱を逃がそうとした。

「……元々先週には一旦帰れる予定だったんだ。麗華がわがまま言ったもんだから結局帰れなくなって。会社単位で受けた仕事だったし、俺が帰ることで余計な溝を作るわけにはいかない……というのもあった」

けど、と。元はそこで言葉を切って大きく息を吐いた。弥生の身体を抱く腕に力がこもった。

「泣いてたと聞いて……」

いても立ってもいられなくなった。そう、耳元で囁かれる。語る声は少し震えているようにも聞こえた。弥生はゆっくり振り返って、元の顔を仰ぐ。眉を下げ、潤んでいる目と合う。本当に心配してくれたのだと、弥生は胸をぎゅっと摑まれるような感覚に襲われた。その苦しさを抱えたまま元と向き合う。そして、その想いを伝えるべく広い背中に腕を回す。思い切り力を込めると、同じものが返ってきた。

「……彼氏としては悔しいが弥生が寂しいだけで泣くはずがないと思った。だから絶対に何かあると」

「……はじめさん」

「……福西については元々少し調べていたんだ。電話した時に弥生を呼ぶ声を聞いてから……そうしたらすぐに色々出てきた。弥生には知らせたくないほどの悪行三昧《ざんまい》だったよ。この部屋もすぐにたどり着いた。女を抱くのによく利用していたみたいだな」

弥生を抱きしめながら元が語る。さらさらと語っているが、気になることが多すぎた。一介のスタイリストがどうしてここまでできるのだろうか。

「後はこのホテルに入る前のヤツを捕まえて追い出す……」

「ま、ま、待って」

背中を抱いていた腕をほどき、元の胸を押す。離れた距離を元は嫌がるように詰めようとしたが、弥生はそれを制した。

「あ、あの。まだ理解できないことが多くて。初めから調べてた？　どうやって？　あと、このホテル……福西くんが予約し……」

福西の名前を出した瞬間、元の顔色が変わる。穏やかな表情が消え失せ、怒りが顕《あらわ》になった。しまったと思う前に、唇を塞がれた。

「っん！」

勢いがよかったため、元の歯が唇に当たり、鈍い痛みが走る。痛みから逃れる暇もなく舌で唇をこじ開けられ、凶暴な舌が侵入してきた。

「……っ、は」

吐息が絡まる。唇を舐りあう。唾液の絡まる音が、スイートルームに響いた。唇が深く重なれば重なるほど、じわりと鉄の味が広がる。どちらのものだろうか。弥生は翻弄されながらぼんやりとそんなことを思う。

元のやきもち《スイッチ》に触れた弥生は、されるがままだった。上口蓋、歯列と余すとこなく舐《ねぶ》られる。もう自分の身体で元が知らないところはないのでは。そう思うほどに、元の愛撫《あいぶ》は細部にまで渡っていた。

「……ん」

ちゅぱ、と大きな音をたてて、互いの唇が離れていった。負けず劣らず、弥生も元の唇と口内を舐ったためか、元の唇は艶《あで》やかに赤い。壮絶な色気を放つ元に、弥生は当てられてしまう。先程の疑問なんてどうでもいいと思ってしまうほどに。

「は、じめ……さ」

はふはふと息も絶え絶えな弥生の身体が傾いていく。ベッドに押し倒されたと気がついたのは天井にある豪華なシャンデリアが目に入った時だった。

「無事でよかった。ここで待っている間、気が気じゃなかった。嫉妬で狂いそうだった」

安堵のため息だろうか。弥生の首筋を元の吐息がくすぐる。その一言を聞いた瞬間、収まっていた涙がまた溢《あふ》れ出《だ》した。

「……っ、はじめさん……」

覆いかぶさる身体に、縋《すが》る。

「おうちに、かえりたい……」

残る疑問も福西のことも今はどうでもよかった。ただ今は、元を感じていたかった。

福西の存在を意識させるこの場ではなく、二人のための家で。

弥生の願いを聞いた元の行動はすばやかった。備え付けの電話の受話器を取り、何かを話していた。数秒で終わった会話に、弥生は違和感を覚えた。

商売柄、敬語を使うことが多い元が、随分とフランクに話していたからだ。

――友達なのかな……？

そんな疑問が一つ浮かんでくる。一つ疑問が浮かぶと、忘れていた疑問が湧き出るように思い出された。

「もう下にいる？　じゃ、降りるから。いつもの所に」

電話で話しはじめたことで、元と弥生に少し距離ができた。

温かい身体が離れていき、その熱が冷めた頃、弥生は急に冷静になってくる。

――どうして元さんはここにいるのだろう。

――福西くんはどうなったのだろう。

尽きることのない疑問が弥生の思考を混乱させていく。しかし、考えても答えなど見つからない。答えは目の前にいる元しか知らないからだ。

「弥生、帰ろう。タクシーが来てる」

「……うん」

元の大きな手に引かれる。その勢いのまま立ち上がると、また抱きしめられた。戻ってくる熱に、弥生の疑問はまた隅へ追いやられた。最後に頭を撫《な》でられる。

「髪、きちんとケア出来てるな」

「……愛されてる証《あかし》だから。そうでしょ？」

「……そうだ。俺の愛をすべて注いでいる」

頭の天辺《てっぺん》に、唇が落とされた。自分の考えが間違っていなかったことに、弥生は安堵する。疑問は残るが、愛されている証が弥生を強くしてくれた。

「……帰ろう」

「……はい」

部屋を出る時も、エレベーターに乗ってからも、手はしっかりと繋がれたままだった。

やはり元は只者《ただもの》ではないのかもしれない。

チェックアウトもせずに出てきてしまった。しかも、ホテルマンたちが元に向かって恭《うやうや》しく頭を下げていた。

「本町二、旭ビル」

「はい。本町二、旭ビルですね。かしこまりました」

以前二人で乗ったタクシーよりもずっと丁寧な応対だった。しかも、運転手からぴりっとした緊張感が漂っている。弥生はちらりと隣に座る元の顔をうかがう。盗み見たつもりだったが、視線がかち合った。随分と距離が近い。こちらも以前と違い、元の触れている部分は髪ではない。手、腕、肩、頬、首筋……弥生の存在を確かめるようにあちこち撫でてくる。

くすぐったさに肩を揺らすと、元の口元も緩む。久しぶりに見た笑顔に、元が帰ってきたことを実感する。

「……ほんとに、放っておけないな」

「……何か言いました？」

ぼそぼそと呟いた声は、弥生の耳に届かなかった。しかし、笑みを浮かべている元を見ると悪いことではないのだろう。

「何でもない。……帰ったら髪を洗おうな」

首筋を撫でていた手が離れ、弥生の髪をひと房掬う。そして、前と同じように髪に唇を落とされた。

「……おかえりなさい」

「ただいま」

こんなに嬉しい「ただいま」は初めてだった。

重たい扉が勿体《もったい》ぶったように開く。先を行く元の後を追いかけてエレベーターに乗り込む。ホテルのエレベーターを乗る時の憂鬱《ゆううつ》な気持ちは消え失せ、今は喜びしかなかった。

扉が閉まるのと同時に腰を抱かれ、思い切り引き寄せられた。そして、顎を掴まれ、上を向かされる。仰いだ瞬間、唇が重なる。顎に添えられていた手が、弥生の薄いサマーニットの裾の中に入ってきた。夏にも拘《かかわ》らず冷たい手に、弥生の身体がビクリと跳ねる。弥生の反応に、元の手は一瞬戸惑いをみせたが、弥生の体温となじむと、大胆な動きを見せた。

ぷつん、と背中にある拘束が外される。解放された乳房がブラジャーを押しあげる。すると、背中にあった手がいつの間にか弥生の可愛らしい乳房を揉《も》んでいた。元も興奮しているのか、揉む力がいつもよりも強い。けれども、その強さすら心地いいと思ってしまうほどに、弥生は身体も心も元を渇望していた。

「ふあ……」

唇が蕩《とろ》けそうなキスに、弥生は腰砕けになる。すべての体重を元に預け、舌を絡める。息をするのもやっとだった。

「話さなきゃいけないことがたくさんあるのもわかってる。でも、いまは……」

抱かせて。と、蕩けそうなほど甘い声が弥生の鼓膜を刺激した。

「……はい」

弥生の返事はほぼ言葉を成していなかった。腹部に感じる存在と大きな手による胸への愛撫と甘くて低い、元が発した懇願のせいだ。胸の先端を捏ねられ、指先で時折弾かれる。弥生の口から、言葉にならない声が次から次へと漏れ出てしまう。開きっぱなしの口の端から銀糸が垂れ、元の舌で舐め取られる。じゅる、と互いの唾液が混ざり合い卑猥な音がエレベーターの中に響いた。

これからこのエレベーターに乗る度に、この痴態を思い出してしまいそうだ。そんなことを頭の隅で考えながら、弥生は快感に身を任せていた。

目的地についた鉄の扉がゆっくりと開く。開いた後もキスを止められなかった。元の長い足が、扉を押さえているのを横目で見る。早く部屋に入りたいと思いつつも離れがたい。元もきっと同じ気持ちなのかもしれない。しばらくそうしていると、どちらからともなく唇が離れた。それを合図にエレベーターから降りる。酸欠気味でくらっとする頭で、もつれる足を叱咤して何とか玄関にたどり着く。なかなか鍵が開かないのか、舌打ちが聞こえた。元の焦《あせ》りが伝わってくる。

がちゃり、と鍵が開けられた音と同時に、思い切り腕を引かれた。身体が傾くと、背中に鈍い衝撃が走る。

「っ！」

痛みは無かったが、入ってすぐの床に押し倒されていた。衝撃に顔を顰《しか》める暇もなく、再度唇を塞がれた。驚いたのは一瞬で、弥生はすぐに元を受け入れた。福西に対するせめてもの抵抗として履いていったスキニーパンツのボタンを外され、ショーツも一緒に下ろされる。蜜に濡れた秘部に生ぬるい空気が触れていた。

すぐに元の指が顕《あらわ》になった秘部を撫でた。くちゅりと湿った音が静かな部屋に響いた。

「濡《ぬ》れてるな」

「あ、あ……言わないで」

蜜を纏った陰核を軽く撫でられる。高い声が玄関に響いて弥生の羞恥を煽《あお》った。数度擦られただけで、弥生は身体を震わせ達してしまう。余韻を楽しむ暇もなく、指が蜜壷の中に侵入してくる。すっかり知られてしまった感じる部分を弄られた。

元の指の動きに合わせて、また蜜が溢《あふ》れ出る。太ももに残る、濃紺のスキニーパンツに黒いシミを作るほどに。

「あっ……あっ！　ん、んんんぅ……っ」

「すごいな。溢れて止まらない」

「あっあっ！　だ、だめぇっ！！！」

元の責めは執拗に続けられた。飛び散る蜜が太ももや、元の上等な服を濡らす。止まらない水音に、弥生は唇を噛んで耐えていたが、無駄な努力だった。だめ、と懇願しても、元はやめてくれない。元の首に縋ると、指が一本増えて、弥生は幾度めかわからない絶頂を迎えた。

「……っ、は、は、……」

じゅ、と音を立てて指が引き抜かれる。責められ続けた身体は、立っているだけで精一杯だった。

元は蜜で濡れた指を舐り、見せつけてくる。誰もが見たことのあるロゴのついた腕時計も蜜で濡れていた。その様子を見て、また蜜が弥生の足をつたって流れていく。何度も絶頂を迎えているはずなのに、弥生は物足りなさを感じていた。

互いの視線がかち合う。

スキニーパンツとショーツが片足だけ引き抜かれた。

かちゃかちゃと金属の慌ただしい音が聞こえ、元が前を寛《くつろ》げた。現れた陰茎は、へそにつきそうなほどそそり立っていた。密着した身体から、直に鼓動が伝わってくる。

欲しくてたまらないものが、そこにあった。

「いれるぞ」

「……あっ！」

左足を持ちあげられる。

弥生の返事を待たずに熱い塊が侵入してきた。指とは違う質量に、弥生は高い声をあげた。隔たりのない初めての感触に、全身を震わせる。

「ん、ふぅ……っ、あっ、あぁあ……ん！」

「やよい、やよい……」

吐息を混ぜながら、互いの名を呼び合う。時折キスを交えて、互いの存在を確認しあった。

「はじ……めさ！　あっ、きもち、イィ……っ」

久しぶりの質量と熱。そして、こじ開けられる快楽に、弥生はただ喘ぐしかなかった。きもちいいと呟けば、イイ所をさらに攻められ、キスを強請《ねだ》れば愛のこもったキスが返ってきた。快楽と幸せを一度に味わったためか、弥生の目から自然と涙が零れる。

元はその涙を見逃さず、唇で吸い上げる。

「すき、すきなの……すき……だいすき」

「やよい……っ！」

熱に浮かされた声で愛を語る。その瞬間、蜜壷を広げていた陰茎がぐっと固くなり、弥生をさらなる快楽へ押しあげた。

「っあぁあぁああ!!」

二人きりの部屋に、弥生の嬌声《きょうせい》が響いた。

「……あぁん。気持ちいい」

「……」

「あーっ！　そこ、そこです……」

「弥生、その声やめてくれるか……？」

たっぷり泡立てられた泡と元の大きな手に包まれて弥生は至福の時を味わっていた。

「だって、気持ちいいんですもん」

「……」

◆　◆　◆

これみよがしに大きなため息をつかれる。弥生はぷっと頬を膨らませ、背後にいる元を仰ぐ。仕方ないとばかりに肩を竦めた元は、弥生へのシャンプーを再開した。

大きな湯船にはられたぬるい湯に弥生は身を任せる。背中を元に預け、極上の時間を過ごしていた。時々他愛もない会話をするものの、どちらも福西のことを言い出せずにいた。洗髪が終わり、湯船の泡がすっかり流れきった頃、元は重たそうに口を開いた。

「……あのな」

きた、と弥生は寄りかかっていた身体を起こし、背を伸ばす。すぐに元に肩を掴まれ、また寄りかかる姿勢を取らされた。腕が腹にまわり、ぎゅっと密着するように抱きしめられた。

「福西百貨店の親グループがどこか知ってるか？」

「……うん？　えっと……あさ、ひ……朝日グループ……」

口に出して、頭の中で漢字を思い浮かべる。聞いたことのある音だったが、弥生は気にもとめなかった。

「あのグループ、俺のじいさんが経営してる」

「……え!?　でも、漢字が！」

「朝日が昇って、西に沈む時も福があるようにっていうことらしい。いつしかそれが漢字を変え、苗字《みょうじ》になったみたいだな」

「……そうなの」

そんな返事をしていた弥生だったが、頭の中は混乱していた。じいさんとは、血縁関係のある人物。イコール朝日グループは元の生家ということだ。この時点で弥生の情報処理能力はいっぱいいっぱいになってしまった。けれども、元の話は淡々と続いていく。

「……まあ今はおじがメインでやってかるから。あまり関わりがないんだ」

「……いろんな人との関わりを見てて、ただの美容師さんじゃないとは思ってたけど……」

「まあ、そうだよな。いつかちゃんと話そうと思っているうちにこんなことに……福西百貨店は朝日グループの傘下だ。あの男はその名を振りかざして色々やらかしてたみたいだな」

「……」

「あ、言っとくけどな。ここの店もこの部屋も俺が稼いだ金で手に入れたものだからな。あいつと一緒にするなよ」

疑っていないと弥生が口にすると、元は安心したように息を吐いた。そして、一つの疑問を抱いて弥生は元を仰ぐ。

「……どうして美容師に？」

家族経営であるのであれば、旭グループに関わることもできたはずだと弥生は考えた。姉である一美も美容師だ。どうして、と弥生の中に疑問が浮かび上がる。

「俺は元々、やろうと思えば何でもできるタイプだった」

弥生はその言葉に妙な既視感を覚えた。二人で飲んだ時に、福西が口にしていたからだ。けれどもそれを伝えるのは、はばかられた。今、元が口にしたことは、嫌味でも何でもない彼の本質だ。

「とりあえず周りに進められるがまま大学はでたものの、やりたいことが見つからなかった俺は、一美にこの世界に引きずり込まれた」

「……そうなんですね」

「うちは世襲制ってわけでもないから。特に何も言われなかったな」

弥生の濡れ髪に唇を落としながら元が語る。

「まあ、今回は朝日グループの力をちょっと借りた。俺だけじゃあのホテルまでたどり着けなかった」

くっ、と髪の毛を優しく引かれる。上を向かされ、弥生をのぞき込む元と目が合う。

「……今度からはどんな些細《ささい》なことでも俺に言って欲しい」

「……でも、元さん、電話出なかった」

「……悪かった。もうあんなことは二度と起きない。メールでもなんでもいい。必ず俺の目に入るようにしてくれ」

頼むと言った口調は懇願しているようにも聞こえた。弥生は小さく頷く。

「わかりました」

「福西がおまえの名を呼んだ時、嫉妬で狂いそうだった」

私だって、という言葉は元の唇に飲み込まれた。

「誰にも渡したくない。どんな手を使ってでも俺が守る」

「……はい」

唇が重なる前にそう囁かれた。

元の本当の気持ちに初めて触れた。今まで愛していると何度も言われていたけれども、元はどこか本音を隠している気がしていたからだ。行きつけの飲み屋で、身なりのいい人たちと仲良く話せていた理由も、ホテルの人が頭を下げる理由もやっと理解できた。スタイリストという表の顔に隠されていた元の出自。生家は、想像もつかないほど大きなものだった。けれども、元の心の奥にある、寂しさと弱さを知った。

「弥生と出会って、この仕事して初めて、やっていてよかったと思えた。全部おまえのおかげなんだ。これまでこんなにも欲しいと思った人はいなかった……弥生だけだ」

「……そん、な」

「そうだな……弥生は俺の女神みたいなもんだ」

「ええ？　なんですか、それ」

あんまりにも大げさな例えに、弥生は思わず吹き出してしまう。けれども、弥生を真っ直ぐに見つめる元の瞳に『冗談』の文字は見られなかった。

「出会ってから、いいことだらけだ」

顔のあちこちに唇が落ちてくる。

「私が女神なら、元さんは神様みたいな人です」

「……やっぱりちょっと困るな。その例えは」

「でしょう？　でも、いつもそう思ってますよ」

「……ありがとう」

あいしてる。そう囁かれて、元と心も身体も繋がった。そう思えた。

この時弥生は、幸せに包まれて、すっかりと忘れていた。

スマートフォンに残るメールの存在を元に伝えることを。

12　一難去ってまた一難

弥生の個人的な騒動から、数日。週の真ん中の日に、驚くべきニュースが飛び込んできた。

「……え？　テレビ、ですか？」

「うん。夕方四時からのニュース番組の特集コーナーでうちと福西百貨店のコラボ商品を宣伝してくれることになったんだ」

「すごい！」

主任が持ってきたニュースは、ｅｃｒｉｎをテレビで取り上げてくれるというものだった。全国区のニュースではなく地方ニュースではあるが、それでもテレビの効果は大きい。

弥生は歓喜の声とともに、椅子から立ち上がる。キャスター付きの椅子は弥生の喜びを表すかのように、勢いよくゴロゴロと後ろに転がっていった。

「概要はこれなんだ。読んでおいてくれるか？」

「はい。わかりました」

「福西くんも残念だなぁ。随分と熱心に関わってくれたから」

その名前が出た瞬間、どきりと胸が嫌な高鳴りをする。そうですね、と苦笑いを浮かべてやり過ごしたが、内心は福西の名を思い出したくもなかった。週明けに緊張して出勤すると、朝に集会で「福西のインターンが予定よりも少し早く終了した」と告げられた。おそらくあの日のことが原因だろう。ほっとしたような、仕事の面では少しもったいなかったような。そんな複雑でお人好しな想いを弥生は抱えていた。

すべては終わったと、この時はそう思っていた。

「せんぱい！」

「まりちゃん」

「概要見ましたー？　なかなかすごいですよ！」

「うん、今から見るんだけど……」

弥生はノート一冊ほどの厚さもある『巷《ちまた》の人気、探してみよう』と書かれた概要を一ページ目から丁寧に読み込んでいく。

『地域活性化を目的とし、地域で作られた特産品を探して紹介していくコーナー。放送時間は十分。（十八時四十分から五十分／ＣＭ挟む）』

番組の概要を理解し、次のページをめくる。

『案内人　夏木麗華』

その名を見つけた瞬間、弥生のページをめくる手が止まる。どくどくと、心臓が早鐘を打つ。

ニュース番組で放映されるこの特集コーナーを、弥生は何度も見たことがあった。いつも案内人は番組のアナウンサーが行っていたはず。それなのに、どうしてこの名が。概要を持つ手にじんわりと汗がにじみ出てくる。

「せんぱい、見ました？　どうやら福西百貨店が夏木麗華に依頼したみたいですよ。本格的に東京に行く前に、地元を盛り上げて有終の美を飾ってくれって」

「……へ、へぇ。そうなんだ」

隣で無邪気に笑う真理の声が遠くに聞こえる。福西百貨店が、という言葉に弥生は違和感を覚えた。終わったと思っていたことがもしかしたら終わってなかったのかもしれない。

背筋がゾッとする。どうしよう。まとまらない考えに動揺していると、課長に名を呼ばれた。

「おーい！　最上！　ちょっと来てくれ」

「あ、はい！　今行きます」

その声で我に返った弥生は手にしていた冊子をデスクの上に置いて立ち上がる。その途端、すっかり忘れていた夏木麗華のメールの存在を思い出す。何も返信していないが、彼女は、きっと元に気があるのだろう。しかもここに来て、弥生に直接的に関わろうとしている。福西の指示か、それとも。

——相談しなくちゃ。

手のひらをぎゅっと握りしめ、弥生はここにいない人物を思い浮かべる。そうするだけで、重たい気持ちがふっと軽くなる。

少しだけ気分が上昇した弥生は課長に呼ばれるがままにデスクを後にする。こっちだと連れていかれた先には応接室。それでも弥生は楽観視していた。テレビ出演などとなれば、広報が表立って対応することになるだろう。ましてや今回は福西百貨店も絡んでいる。直接、麗華と会う機会などきっとないと思っていた。

応接室のドアを開けるその瞬間までは。

「失礼します」

三回のノックの後に開けたドアの向こうには、立ち姿すら美しい、夏木麗華がいた。

「はじめまして、夏木麗華です」

「……!?」

固まる弥生をよそに、麗華はにこりと優雅に微笑む。隣にはマネージャーだろうか、神経質そうな雰囲気の男が立っていた。二人きりでないことにホッとした弥生は慌てて自己紹介をする。

「虹色文具の最上……弥生……です」

名前をいうことを憚《はばか》られたが、ここで名乗らないのは不自然だと諦めて、弥生は頭を下げた。頭をあげ、名刺を取り出すよりも先に、麗華が声をかけてくる。

「今回、あなたの作ったモノを紹介させてもらうことになったの」

「ありがとうございます」

名刺を取り出そうとした手が宙をさまよう。すると神経質そうな男が目の前に立ち、片手を差し出してきた。慌てて名刺を取り出すと自己紹介する暇もなく名刺を取られた。不《ぶ》躾《しつけ》な態度に、弥生は内心むっとした。

「真砂《まさご》さん。私が忙しいからって、少し乱暴よ？」

「東京での仕事を断ってこっちに来ているんです。一分一秒だって惜しい」

真砂と呼ばれた男が、吐き捨てるように言う。注意しているようだが、口調に棘がある。あからさまな態度に、弥生はむっとする。感じた苛立ちを抑えながら、弥生は夏木麗華に気づかれないように、そっと観察した。

さすがテレビに出ているだけある。吹き出物ひとつない白い肌に、ふっくらとした潤いに覆われた唇。睫《まつげ》毛は伏せると影ができるのではと思うほど長く、大きな瞳を縁どっていた。手足はスラリと長く、細身のわりに豊満な胸は、異性の目を惹くに違いない。

「ごめんなさいね。よろしく。弥生さん」

「あ、いえ！」

二人を観察していた弥生は、麗華に再び声をかけられたことで我に返る。そして、手を差し出された。白魚のようにすらりとした指、透明感のある美しい肌。しかし、握手を求められた手は左手だった。ここでもむき出しの敵意に、弥生は一瞬戸惑った。おずおずと差し出した弥生の手は、外を駆け回ったせいか日に焼けていて手入れも行き届いていない。

背が低くて、平凡な容姿の自分。正反対な麗華。克服したはずの劣等感が、本人を目の前にしてまた再燃する。

――こんなに綺麗な人が元さんを好きだなんて。

実際に目の前にすると、二人が並んでいる姿が容易に想像できてしまう。いつもだったらもう少し身なりにも気を使っていたが、ここのところ忙しく、弥生は手入れを怠っていた。

――やっぱり私なんて。

「最上？　どうした？」

また負のループに陥りそうになった瞬間、課長の声が弥生を現実に戻した。

「あっ、すみません。よろしくお願いします」

なるべく麗華を見ないように、弥生は手を握る。自分を卑下する要素をこれ以上見つけたくなかった。

棘のある言葉や、左手の握手、平凡な自分の再確認など、弥生にとっては苦い初対面になったが、問題もなく穏やかに終わるように思えた。

「私も福西百貨店のリップクリーム愛用してるの。限定デザインが出るなんて、楽しみ」

にこにこと笑う麗華。それとは逆に弥生は思わず顔を歪めた。麗華がものすごい力で弥生の手を握ってくる。ぎちぎちと手が軋《きし》む音が聞こえてきそうだ。

「……っ」

「お互いにいいものを作りましょうね？」

マネージャーを背に、そして課長から顔を隠し、弥生にだけ見えるように麗華が笑う。口調とは裏腹に、その目はまったく笑っていなかった。弥生は麗華の変わりように、目を見開く。

「っ、あ！　痛い……っごめんなさい。弥生さん、力が強いのね。離してもらってもいい？」

むしろ弥生の方が痛めつけられていた。なのに、麗華は態《わざ》とらしく身を捩《よじ》り、弥生から逃れる。そして、先程とはまったく別の表情に変えて、麗華は困ったように笑った。え？　と思っている間に、肩に衝撃が走る。衝撃と同時に、身体が傾く。バランスを取ることができず、床に手をついた。何が起こったのかわからずにいると、怒りを宿した目で弥生を見下ろす真砂と視線が合った。どうやら、真砂に付き飛ばされたようだ。

「麗華は大切な商品なんですよ！　まったく！　どういうおつもりですか⁉　挨拶に来た麗華に対してそんな行動を取るなんて」

「真砂さん、いいのよ。そんなに痛みがあるわけじゃないし」

「す、すみません。夏木さん。ほら、最上、おまえも謝れ！　夏木さんはおまえと違って華奢《きゃしゃ》なんだから！　丁寧に接しなさい！」

弥生が傾いた身体を直している間に、三流芝居のような茶番が繰り広げられていた。弥生の頭が追いつかない。握手をして、麗華におもいきり握られた手がズキズキと痛む。課長とマネージャーの真砂に囲まれた麗華はまるでお姫様のようだった。

――え、なにこれ。私何もしてない。

麗華が大げさに痛がっている部分は、弥生と握手をしていた左手。

「……大変失礼いたしました」

「弥生さん、大丈夫よ？　私って感覚が鋭すぎるみたい。少し強く握られただけで、痛みを感じちゃうのよ。ごめんなさい」

眉を下げて困ったような表情。分が悪いと弥生はすぐに頭を下げた。下げる際に、見えた麗華の手は、握る前と変わらず白い手をしていた。しかし、頭を下げた時に目に入った弥生の手にはくっきりと指の痕が残っていた。

赤くなった手をもう片方の手で隠す。中身も美しい人であれば、弥生は敵前逃亡していたかもしれない。けれども、こんな小狡《こずる》い手を使うのならば別だ。弥生は自分の中で闘志がメラメラと燃え上がる。

――性格、悪い！　こんな人に絶対に負けないんだから！

「本当に失礼いたしました。私は頑丈なので多少乱暴にされても平気なんですが……敏感な方ですと、あちこち気になって仕方ありませんよね？　大変ですね」

弥生は最大限の嫌味を込めて、にこ、と笑みを浮かべた。弥生のその牽制《けんせい》に気がついたのか、今度は麗華が驚きに目を見開いた。

「そうなんですね。弥生さんは一人でも生きていけるくらい強そう！　私、周りに信頼できる優秀なスタッフがいないと不安で」

「ええ！　一人だなんてとんでもない！　色々な人に支えられて生きていますよ」

心の中でゴングが高らかに鳴り響く。ここに弥生と麗華の戦いの火蓋が切って落とされた。

第一ラウンドは麗華に軍配があがった。弥生も様子見のジャブを何度も打ち返したが、物理的に痛めつけられて終わってしまった。

「お待たせしてしまい、大変失礼いたしました。広報担当の……」

麗華の嫌味に応酬していると、広報担当が慌てた様子で応接室に入ってくる。すると課長にもう戻っていいぞと小声で囁《ささや》かれる。「わかりました」と返答し、退出を告げようとすると、マネージャーの真砂に睨まれる。格下かもしれないが、取引先にこんな態度をとる社会人は許せず、弥生は負けじと応対する。もちろん、社会人らしく、『笑顔』で。

両方の口角を上げて、目尻を下げ、営業スマイル。

「それでは、失礼させていただきます」

そんな弥生を見て、真砂はぎょっと目を見開いた後、慌てて視線を逸らした。

——勝った！

喜んだのはいいが、すぐにどっと疲れが押し寄せてきた。はぁ、と大きくため息をつく。弥生はこの先の仕事に大きな不安を抱いた。

「麗華がきた？」

珍しく二人で食卓を囲み、夕飯を共にする。今日の夕食は弥生が作ったものだった。鱈《たら》の中華蒸し、豆腐のきのこ餡《あんか》掛け、わかめスープにご飯。茶碗《ちゃわん》を持つ元の姿に当初は慣れなかったが、今は揃いの箸と茶碗がしっくりときている。

「家で誰かと食卓を囲むことなんて子供の頃以来だから何だか楽しいな」

と、元のそんな一言がきっかけで二人で過ごす時はなるべく自炊するようになった。

そんな平和な食事の最中。弥生の話を聞いた元の手から箸が床に落ちる。

あからさまな動揺に、胸の奥がつきん、と痛む。何かあったのではないかと無粋してしまうほどに。けれども、その痛みを無視して、弥生は話を続ける。

「はい。でも、麗華さんはすごく熱心に話を聞いてくださって、この企画に前向きだったって広報の人が言ってたの」

自分にされたことはまだ言えずにいたが、今弥生の口から出たことは本当だった。外面がいいのか仕事には真面目なのかわからないが、打ち合わせでは積極的に発言し、ｅｃｒｉｎを知ろうとしてくれていた。と、広報部長から聞かされた。弥生としても、後者であればありがたい。

「……あいつは仕事には真剣に向き合うからな」

「はい。みんなもすごく喜んでた。……ただ、麗華さんは……元さんのことを諦めていないみたい」

「は？」

「……実は、元さんが東京にいる時に、メールが来て……」

食事中に行儀が悪くてごめんなさいと一言断って、弥生はスマートフォンを取り出す。告げ口するようでいやだったが、先に礼儀をかいたのは向こうだと弥生は件のメールを元に差し出す。

「……なんだこれは」

「たぶん、別れろってことですかね……」

「……チッ！」

文面を読み終えたのか、元が盛大な舌打ちをする。初めて目にする元の粗野な態度に、弥生は元の怒りを感じ取り、少し驚く。元はそんな弥生の顔を見ると、元は大きなため息をついて項垂《うなだ》れた。

「悪い、弥生にじゃない」

「……あ、わかって、る」

「……いや、でも……悪かった。これは、仕事で」

「あ、大丈夫です。むしろ、この写真を見て安心しましたし」

「……は？」

「だってこれ、営業スマイルでしょ？　私の前だとこんなふうに笑わないし」

ね？　と首を傾ける。すると、元は、机に突っ伏してしまった。

「は、はじめさん？」

「……弥生、いい性格になってきたよな」

「え？　どういうことですか？」

テーブルの反対側から身を乗り出す。すると、元が顔を上げた。切れ長の眼力の強い瞳と視線があう。

「……たくましくなってきたなあって」

「いけませんか？　強くなきゃ元さんといられないもん。今までのことで嫌ってほどわかりましたし」

今日、また負の感情に飲み込まれそうになったことは秘密にして、弥生は目を細める。

「うん。それでいいんだ。前の弥生も今の弥生も……どっちも好きだ」

顔を上げた元が、熱のこもった視線で弥生を見つめてくる。長い指で髪を掬いあげられる。

くすぐったさを感じて弥生は首をすくめた。

「ん、くすぐったい」

「……なあ」

「……ん？」

くるくると髪を遊ばせたあと、名残惜しそうに元の指が離れていく。

「俺が色々手を回して麗華を弥生から遠ざけてやるっていったら、どうする？」

その声には、本気が滲《にじ》んでいた。弥生は改めて元の力の大きさを実感する。けれども、弥生の答えは一つだった。

「私は、ｅｃｒｉｎの発展のためなら、このくらい我慢できます」

夏木麗華は、弥生がターゲットとしている二十代、三十代女子の憧れだ。フリーになって活躍の場を広げているのか、ファッション雑誌に載ることもあった。それに、全国区のＣＭにもいくつか出ていて、知名度の高さがうかがえる。麗華が宣伝すれば、弥生の生み出した『キラキラ』をもっとたくさんの人に知ってもらえるはずだ。

「……だから」

だから、に続く言葉は言わせてもらえなかった。元の大きな手が、弥生の口を塞いだからだ。

「わかってる。弥生に辛い思いをさせた分、どうにかして償いたいと思った俺のエゴだ」

そして、元が左手を隠していた長袖カットソーを一気にまくった。

「……今回は見逃してやるが。次はない。何かあったら、必ず言え」

左手に残る赤みの部分を、元に舐められる。跡に沿って這う赤い舌に、弥生の思考はすぐに甘ったるいものに変わった。

「……っん」

「返事」

「あっ、は、はぃぃ……」

かぷり、と小指を噛まれる。指先から始まる甘い痛みに、身体の奥底が喜ぶ。

「……弥生が何もできない弱い子だったら……」

「ん、なにか、言いましたか？」

夕飯もそこそこに、二人は情事になだれ込む。ボソボソと元が呟いたが、弥生の耳には入らなかった。

「閉じ込めておきたい、そう言ったんだ」

「ん、ンン……っ、もう、閉じ込められています……っ」

「心も、身体も全部閉じ込めたい。俺のそばにずっと」

今度は、はっきりと聞こえた。

「あ……とじ、こめて……」

弥生はキスを強請る。たくましい腕に閉じ込められてこれ以上ない喜びを感じた。

麗華が来たことで再燃した不安が、元に抱かれるだけで消えてゆく。

愛されていると、自覚できるから。


「……」

穴が開くほど、じっと特集コーナーの台本を見つめる。

『中継は福西百貨店の文具コーナーから。最初に麗華が特設ブースに並んだｅｃｒｉｎの紹介をして、最後の３分間はインタビュー形式で、広報が発売にいたるまでの経緯を話

す』という構成になっている。

最初は弥生がインタビューに答える案も浮上したが、販売の準備でに忙しいだろうという理由で却下となった。それを聞いた時、心から安堵《あんど》してしまった。麗華の隣に並ぶ自信はまだ弥生には持てなかった。

「うん。大丈夫そう……」

台本におかしなところはない。それに、広報担当の麗華の評価は抜群だった。それだけではない。美しい芸能人が会社に頻繁にやってくるという事実に、社長以下重役は皆浮かれていた。すっかり麗華の虜《とりこ》になってしまったようだ。

――仕事はちゃんとしてくれてるんだ。

麗華がこの仕事にきちんと向き合ってくれていることに、弥生は好感を抱く。持っていた台本を閉じ、引き出しにしまった。手元に広げていた台本がなくなると目に入るのは、新作のサンプルだった。

弥生の依頼した通りの出来栄えになるまで、三回リテイクをお願いした。リップクリームと並んでも遜色がないように、細部にまでこだわった。どれだけ見ても飽きない。自身の夢がまた一つ叶いそうだ。弥生は鼻歌交じりにそんなことを思っていた。

「先輩、随分と気に入ってますね」

「だあって！　前のボールペンと並ぶと……もう、夢の国に来たみたいにかわいくない⁉」

「そのたとえ、ちょっとわからないですけど……。形になるっていいですよね」

覗き込んできた真理に、見せつけるように弥生はｅｃｒｉｎシリーズを並べる。ペンケースも添えて眺めれば、夢を諦めなくてよかったとしみじみ実感出来た。

「ふふふ。こうやってずぅっとｅｃｒｉｎに関わっていけたらいいな」

「旭さんがヤキモチ焼きそうですね」

「元さんも大好きだけど、仕事も大好き！　比べられないよ！」

「わぁー！　せんぱい、眩《まぶ》しっスー！」

またからかって、と口を尖《とが》らせながら真理の肩を軽く叩く。冗談ですよとにこにこ笑う真理と目を合わせて、お互い同時に吹き出した。

「さって、発売までもう少しだから。頑張ろうね」

「りょうかいっス！」

敬礼のポーズを取った真理の横腹を擽《くすぐ》ってもうひと笑いした後、弥生はデスクにもどった。すると営業主任が慌てた様子でオフィスに駆け込んできた。

「すみません！　ちょっとトラブルが」

その声を聞いた弥生と真里が対処するために立ち上がる。オフィスがあちこちで慌ただしく動き出す。終業時間間際だったが、全員が残業を覚悟する。

トラブルの内容は、ｅｃｒｉｎとは別件の商品で、納品の数を一桁間違えていたらしい。慌てて工場に追加可能か確認をとったり、先方に謝罪したりなど、担当でない弥生も駆り出され、電話対応などに追われた。落ち着いた頃には夏の日もすっかり暮れ、じんわりと重たい夜になっていた。

「……あっつ」

社のエントランスを抜け、外に出た弥生は静かなオフィス街で一人呟《つぶや》く。今日も熱帯夜なのか、湿気を含んだ重い空気と、まとわりつく暑さが不快で仕方がない。じんわりと額に浮き出た汗を拭い、パタパタと手で扇《あお》ぐ。涼しくもなんともならないが、何もしないよりましだった。

腕時計で時間を確認すると、短針が九を刺していた。思ったよりも遅くなってしまい、終わったと元に連絡しようとスマートフォンを取り出した時だった。

「弥生さん」

その声を聞いた瞬間、先程まで感じていた暑さを忘れるほど、背筋にぞくっと悪寒が走る。歩み出そうとしていた足が止まり、吹き出た汗も一瞬で冷たくなる。恐怖で足がすくんで動かない。それでもなんとか身体を動かすと、想像した通りの人物がいた。いや、想像よりも、ずっとひどい様相の福西がいた。

「……っ、か、お」

「ああ、だいぶよくなったんですけどね。まだわかります？」

ビルの明かりと、街灯に照らされているため、夜でもよく見えた。左の目尻から頬にかけて広がる痛々しい青あざ。所々黄色くなっており、それが数日経過したものだとわかる。

「ちなみに、旭さんじゃないですよ。親父」

にこにこと笑ってみせるがあざのせいか、かえって不気味に見える。両手をあげて、降伏のポーズを取っているが弥生の心が警鐘を鳴らしている。

「まったく、旭さんがあの朝日グループ創業者の孫だったなんて。どうして教えてくれなかったんですか。ずるいですよ」

「……私だって、この間知ったの」

「ったく、計画丸つぶれ。親父にめっちゃドヤされるし。でも、まあ。これで諦めがついたよ」

「……え？」

福西の言葉に、弥生は声に喜色を含ませる。それを聞いた福西が腹を抱えて笑い始めた。

「弥生さんから、旭さんを引き離すのは無理だから。別の方法にする」

「……え？」

「ねえ、弥生さん。仕事好き？」

不気味な福西の問いに、弥生は答えられずにいた。別の方法とは何か。頭の中でその言葉がぐるぐると回り続けている。

「ねえ、すき？」

「……好きよ。ずっと、自分の考えた文房具が商品になるのは夢だったんだもの」

ふーん、と顎に手を当てて、考える素振りをする福西に、弥生はずっと抱いていた疑問をぶつけた。

「……どうして私にかまうの？」

「……好きだって言ってるじゃないですか」

「信じられない。本当に好きだったらあんなこと、できるはずない」

棘を含んだ物言いになってしまったが、弥生は真っ直ぐ福西を見つめる。

「できるはず、ない。か」

そう言った福西の顔に、寂しさが浮かんでいるように見えた。しかし、それは一瞬のことで、またいつもの食えない笑みを浮かべた。

「信じてよ。俺は弥生さんが好きなだけなんだ」

福西の手が弥生に伸びてくる。反応が遅れ、腕を掴まれそうになった時、ばしっと鈍い音が弥生の耳に入ってきた。それと同時に、身体が後ろに引かれる。

「だからと言って、弥生に触っていい理由にならない」

「……っ」

鈍い音の正体は、誰かが伸びてきた腕をたたき落としたものだ。誰か、とは誰か。声を聞くだけで、弥生にはわかってしまう。

「……はじめさん」

「悪い、遅くなった。何もされなかったか？」

弥生が上を仰ぐと、元と目が合う。走ってきたのか、息は切れ、頬をつたう汗。急いできてくれたことがわかり、弥生は現状を忘れときめいてしまった。

「おまえ、性懲りも無く……」

「まじかよ！　来るの早くねぇ⁉　俺の一挙一動を監視してたってわけ？」

「当たり前だろう。あんなことしておいてそう簡単に信じられるか。実際今ここにいるのが何よりの証拠だ」

「……俺もおまえもそうたいして変わらないのにな」

「……うるさい」

「俺も、おまえも中身は一緒だ」

福西が腫れた頬を大いに歪《ゆが》ませ、元に食ってかかる。その瞬間、弥生は元の背後に隠された。弥生は身を竦《すく》ませる。元のシャツを縋《すが》るように握りしめた。

「おお、こわ。すげえ睨《にら》んでる」

「俺自身におまえを断罪する力はない、ただ、これ以上何かするなら、使わなくていい力を使う」

低い低い怒りを含んだ声。忙しい元の時間を奪ってしまった罪悪感に複雑な気持ちになる。自分でどうにかしなければと思いつつも、福西の存在は弥生にとって恐怖でしかない。

「……大丈夫だって。もう諦めるから。二人を引き離すのは無理だって気づいたから」

元の背後に隠されたせいか、福西の表情は見えない。けれどもその声色に嘘《うそ》はないように思えた。それならばここに何をしに来たのか。弥生はふと疑問を抱いた。

「俺にはもう何もできないから。俺にはね」

何かを強調した口調が何かを含んでいるようで、弥生は得体の知れない不安に襲われる。

「仕事と、恋愛どっちも大切だもんね。頑張って弥生さん。最後まで見届けるから」

じゃーねー。と去っていく福西を元の背後から盗み見る。見届けるとは一体なんなのだろうか。考えても弥生に答えを導くことはできない。ただ嫌な予感だけが胸の奥にこびりついて離れなかった。

元といれば大丈夫。そう思っていた。けれども、帰り道一言も話さない元に、弥生の中にほんの少しの不安が滲んでいった。

テレビの放映日が近づくにつれ、弥生は忙しくなっていく。帰宅が遅くなる日もあり、福西や麗華のことを心配した元が迎えに来てくれるようになった。どうやら福西には監視が付いているようで、何かあれば元に連絡が行くようになっている。先日、福西が家を抜け出したと連絡を受けたため、急いで迎えに行ったと、家に戻ってから説明してくれた。元の仕事の邪魔になっているのではと確認したが、できる範囲でしかしないと言われてしまい、弥生はそれに甘えることにした。福西の存在に少なからず恐怖を感じていたため、ありがたいとも思った。

「いつもごめんなさい」

「俺がやりたいだけだから、弥生が気にすることじゃない」

会話がそこで途切れる。沈黙が二人を包み、少し早い足音が響いた。

福西に会ってから、元は考え込むことが増えていた。理由を聞いても教えてくれない。何でもないよと笑って頭を撫《な》でられる。そんな日が何日も続いていた。何かがあるのは間違いないが、それが何かがわからなかった。

考え込んでいる元を仰ぎ、何とか会話の糸口を見つけようと弥生は探る。

「いよいよ明日、生放送です……なんだか感慨深い」

弥生の問いかけに反応した元の歩みが少し遅くなる。歩くスピードが同じになり、弥生は隣に並ぶ。少しの沈黙の後、元が口を開いた。

「見にいくから」

「え？　来てくれるんですか？　っていうか、入れるんですか？」

「こんな時に行かないでいつ行くんだ」

「……麗華さんのスタイリストとしてですか？」

思い切って気になっていたことを元に尋ねる。すると、元は一瞬で驚いたように目を見開く。けれどもすぐに、弥生の知っている優しい笑顔になった。

「明日は、朝日グループの孫として見に行く」

ぐしゃ、と髪を乱された。

「それって、どういう……」

「弥生とｅｃｒｉｎを守る盾になるってことだ」

それきり元は口を閉ざした。よくわからないと弥生は首を傾げる。そんな弥生を見てか、元がつむじに唇を落とした。

「心配いらない。きっとすべてうまくいく」

「そうでしょうか」

「ああ。絶対大丈夫だ」

弥生の方を見ず、元は真っ直ぐ前を向いている。ああもうこれ以上この話はできないな、とその横顔を見て思う。いまだに何を考えているかはっきりわからない時が多いが、隣にいるとふとした瞬間に、ちょっとした気分の変化に気づけるようになってきた。

ちなみに今は、少しだけ不安になっているようだ。

「元さん、好きです」

「え？　何だ急に」

「急じゃないですよ。いつでも言いたいんです」

「俺だって弥生が好きだ。……そろそろ覚悟しないとな」

「え？　何か言った？」

「いや何も……それより明日の景気付けに、何か食べにいくか？」

「え！　ほんとですか！　焼き肉食べたいです！」

思ってもいなかった提案に、弥生はすぐに飛びついた。どこにしようかと元が呟《つぶや》く。その横顔を見つめていると、元への愛しさが溢《あふ》れ出してくる。

「元さん」

「どうした」

「すっごく不謹慎だってわかってるんだけど。こうして二人でいれることがとっても嬉しいの」

「……偶然だな」

「え？」

「俺も、同じことを思っていた」

まだ太陽も沈みきらない、夜とも夕方とも言えない時間に、二人の長い影が伸びる。心地よい風が二人の間を通り抜けた。どちらからともなく手を繋《つな》ぐ。そしてその手は、決して離れることはなかった。

13　幕切れ

「そこー！　バミっといてー！」

「ライト足りないよー！」

いつもは静かな福西百貨店の文具コーナーに大きな声が飛び交っていた。弥生の知らない業界用語が多く、スタッフの熱気に圧倒されてしまう。今日はｅｃｒｉｎと福西百貨店のコラボ商品を紹介する特別番組が放送される日だった。生放送ということもあり、どこもかしこも慌ただしい。社長はじめ、重役たちもｅｃｒｉｎの晴れ舞台を見学に来ていた。

「いやぁ、楽しみですね。夏木麗華さんに紹介してもらえるなんて」

「ほんとですねぇ。こんなことが起きるなんて考えもしなかったですよ」

部長たちがわいわいと賑やかにしているのを横目に、弥生はある一点を見つめていた。

文房具コーナーの一番目立つ場所に作られたｅｃｒｉｎ専用の特設ブース。第二弾のスティックはさみだけではなく、ボールペンも一緒に設置されている。弥生が作成した紹介ポスターと一緒に、店舗スタッフが作ったポップが飾られている。『こんなにかわいいのに、かきやすい』『これを使うとテンションアップ！』『婚姻届にもオススメ』『リップとハサミ間違えないでね！』など色とりどりで見ていてとても楽しかった。

——嬉《うれ》しい。

単純にその気持ちだけだった。

実際に目の前にすると、あまりにも感慨深くて涙が溢れてきそうになった。自身の夢を叶えたうえに、こうしてたくさんの人に知ってもらう機会を得たこと。ただただ、嬉しくて仕方がなかった。

五百円玉を握りしめ、駄菓子屋で悩んだ日々を思い出す。弥生の作った文房具で、新たに夢を見る子が生まれてくれれば。そうして、ずっとずっと素敵な文房具がつくられていってくれれば。そう、願わずにはいられなかった。

「夏木麗華さん、入ります！」

マイクでその情報を拾ったスタッフ、そして、その声を聞いた皆の空気が引き締まったものになる。「こちらです！」と大きな声を出すスタッフの後ろから、夏の装いに身を包んだ夏木麗華が現れた。

デコルテが綺麗《きれい》に浮き出る、胸元の空いたグリーンのブラウスに、濃紺のカーディガンを肩がけしている。そして白地に大ぶりの花がプリントされたスカート。麗華によく似合っている服装だ。けれども、ｅｃｒ｡ｉｎと並ぶと、麗華が目立ってしまい、商品がぼやけて見えた。

——なんか、ちょっと……。

浮かび上がった不満はなかなか消えてくれない。けれどもそう思っているのは弥生だけなのか。周りの上役たちは、麗華に向かって手を振ったりしていて話にならなそうだ。せめてスカートだけでも変えて欲しい。弥生はｅｃｒｉｎのことをだけを考えて、そう思う。

そんな弥生の思いに気づいているのだろう。ピンマイクをつけている麗華と目が合う。そして、勝ち誇ったように、片方の口角だけをあげて笑った。その表情に、弥生は嫌な予感を覚えた。

「生放送の前に、ちょっといいかしら」

ざわついていた会場は、麗華の声で水を打ったように静かになる。

「虹色文具の人には大変お世話になったんですが……どうしても一人だけ合わない人がいて、困ってしまいました。その方がいるとカメラに集中出来ないので、この仕事から外れて欲しいんです。私自身、ｅｃｒｉｎはとっても好きなので、その人がｅｃｒｉｎに関わらないと約束していただけるのであれば、これからも宣伝活動を続けていきたいです」

静かだったスタッフ、虹色文具の社員たちがざわざわとし始める。弥生は、ただ呆然《ぼうぜん》と立ち尽くしていた。

「と、いうわけで。最上弥生さん。この仕事から外れてください。ただ……あの人を返してくれるっていうなら、話を聞いてあげる」

福西の言っていたことをやっと今理解した。

弥生に選ばせるつもりなのだ。

仕事か、元か。

ｅｃｒｉｎをとるか、元を取るか。生放送まで時間が無い中で、弥生は選択を迫られていた。

誰か反論してくれるかと思い、縋《すが》るように周囲を見回す。

しかし、弥生と目が合った社員、番組スタッフは一様に視線を逸《そ》らした。

誰一人として声を上げない。

弥生が大切に育てたｅｃｒｉｎが、元が、麗華に奪われる。

先程までキラキラと輝いて見えた現場が、一気にくすんだ色に変わった。

元もｅｃｒｉｎも、今の弥生を形成する大切なものだ。それをどちらか選べと言われてすぐに選べるわけもない。

許せない。弥生は唇を噛《か》み締め悔しさに耐えた。

紹介する商品よりも目立つ服装、虹色文具の社員に取り込み人を追い詰めるやり方、選ばざるを得ない状況を無理やり作る卑劣《ひれつ》さ。

夏木麗華のやり方は、真っ直ぐな性根を持った弥生にとって耐えられないものばかりだった。拳を握りしめ、気持ちを治めようとするが、目の前に出された選択肢のせいでいつもの様にうまくいかない。目がチカチカして、ここが現実ではないどこかのような気がした。

かちかちと奥歯が音を鳴らし、身体から力が抜け、足ががくがくと震えた。

「どうするの？　弥生さん。早く決めて。何ならどっちでも……」

麗華がゆるりと口角を上げて弥生を煽る。その周りにいる人たちも弥生をじっと見つめ、次の言葉を待っているようだ。

「……わ、私」

どちらを選ぶかなどできない。震える声がそれを物語っていた。

「どちらも選ぶ必要は無い」

誰もが行く末を見守るべく言葉を発しなかった中に、低い声が響いた。

皆が同時に声の主の方へ振り返る。弥生にとって一番のヒーローがそこにいた。仕立てのいいスーツを纏《まと》った元が弥生を絶望の淵《ふち》から引き上げた。

「はじ、めさ……」

弥生が名を読んだ声は、か細く掠《かす》れていた。元が弥生のそばにやってくる。かつかつ、と革靴の高い音が現場に響いていた。誰もが元に注目し、その存在感に圧倒されていた。

「俺は弥生から離れるつもりもなければ、おまえの所に行くつもりもない」

「……っ！　じゃあ、弥生さんにはこの仕事を降りてもらうしかないわ！」

元の真っ直ぐな言葉と視線に、負けじと麗華が応戦する。弥生は元の背中にまた隠されてしまう。その間にも二人の応酬は続いていく。

「何をバカなことを。わがままもいい加減にしろ」

「じゃあ！　元が私の所に戻ってくればいいでしょ!?　あなたの腕を一番輝かせてあげら

れるのは、私よ！」

　いつもの優雅でしとやかな麗華はどこに行ったのだろうかと疑いたくなるほどの、ひどい怒声だった。周りの人々も驚きが表情に出ていた。

「この女がいるからでしょ⁉　本当は元だって私の所に来たいはずよ！　この女が邪魔をするから」

　麗華の出自はアナウンサーだ。そのせいもあり、声は大きく辺りに響き渡る。遠く離れた場所にいる買い物客も何事だとざわつき始めた。

「いい加減にしろ。麗華」

　そろそろ収集をつけないといけない。周りと弥生が慌て始めたところで、地を這うように低く、怒りをにじませた声が響いた。

「朝日グループの関係者として言おう。麗華、おまえはもう出演しなくていい」

　凛《りん》とした声がフロアに響く。毅然《きぜん》とした態度の元が麗華を黙らせた。

「……な、そんな、こと、できるわけないでしょう？」

「できるさ。おまえの態度は、福西百貨店及びに取引先である虹色文具を侮辱した。今日の日のために、俺はおじにこの件の決裁は任せるという許可をもらった」

　その言葉に慌てだしたのは、マネージャーの真砂だった。

「ちょ、ちょっと待ってください！　そんな勝手な……」

「真砂さん、あなたも麗華に言っていなかったんですか？　これが最後のチャンスだと」

元の言葉に、騒いでいた真砂が押し黙る。

――最後のチャンス？

おそらく現場の全員がその言葉に引っかかっていた。

「な、何よ。最後のチャンスって」

「おまえ、やめる時テレビ局とかなり揉《も》めたらしいな」

元の指摘に、真砂と麗華が驚きに目を見開く。なぜ知っているの、と麗華は小さく呟《つぶや》いた。元はそんな二人を見下ろして話を続けた。

「地元を出るのに険悪なままではまずい。そう判断したおまえの事務所の社長が頭を下げてこのコーナーへの出演をねじ込んだ。穏便にここを去る、と視聴者にアピールするべく」

「……っ！　真砂！　聞いてないわよ！」

麗華の怒りが隣にいる真砂に向かう。今にも胸ぐらを掴みそうな勢いに、真砂が後ずさった。

「言いましたよ！　私はきちんと伝えました！　麗華さんが聞いてなかったんじゃないですか！」

「何ですって⁉」

ぎゃあぎゃあと喚《わめ》く二人に、現場にいる誰もが呆《あき》れ返《かえ》っていた。形勢逆転、非難の目が二人に集中していた。

「では、夏木さんには退場してもらおう。そもそも、うちの社員をバカにするような人に宣伝してもらいたくないから」

ひどい罵《ののし》りあいをする二人に、最後通牒《つうちょう》を突きつけたのは虹色文具の社長だった。

「聞いていれば醜い言葉ばかりだ。そんな人間にうちの大切なものを任せられない」

「で、でも社長！」

いつも弥生に異議ばかり唱えていた常務が、麗華の宣伝力を捨てきれないのか、社長に意見する。

「うちの商品をアピールするチャンスですよ⁉」

「なんてことは無い。いい人材がいるじゃないか。ｅｃｒｉｎを愛し、誰よりも情熱を持っている、かわいい人が」

そう言って社長が指を指す先にいたのは。

「……え？」

弥生だった。

指された弥生は、大きな声で拒否をした。どう考えても無理がある。冗談でもそんなことを言わないで欲しいと笑いを交え社長に返した。けれども社長は、笑みを崩さぬまま話を進めていく。

「朝日グループの関係者さん、どう思いますか？」

その問い掛けは、弥生にではない。いつの間にか弥生の肩に手を置いていた元に向けられていた。

「……私もそう思います」

苦渋の決断でもするような声色だった。苦虫でも噛み潰したような、やっとひねり出した答えのような。

苦い返答に同調するように、肩に乗った元の手の力が強くなる。ぎし、と軋むような痛みが弥生を襲う。弥生は痛みに顔を顰めた。しかし、そんな痛みもすぐに消え、変わりに元の大きなため息が聞こえた。

「では、決定ということで」

弥生の戸惑いをよそに、社長と元の間で話がまとまる。待って欲しいと口にしようとした時だった。

「ちょっと！」

しかし、待ったをかけたのは弥生ではなかった。

「待ちなさい！　私を差し置いて話を進めるなんて許さない！」

美しい顔を歪《ゆが》めた麗華が、弥生と元の間に割り込んできた。そして、弥生を突き飛ばして元の腕にすがる。

「ねえ、元。こんな子にできるわけないってわかってるでしょ？　よく考えて、朝日グループのためにどうしたらいいか」

「麗華、離れろ」

「どうしてよ！　こんなどこにでもありそうなもの、私の力がないとどうにもならないに決まってるでしょ⁉」

こんな状況になっても、猫なで声で自分をアピールする麗華に、弥生は呆れかえっていた。さらに元の腕に縋りながら、豊満な身体をさりげなく押し付けていることに気づいてしまい、頭に血が上った。元がそれを拒否し、距離を置いたので、なんとか我慢していたが、ｅｃｒｉｎまで貶《おとし》められた。言われっぱなしの弥生も、ついに我慢出来なくなってしまった。

「いい加減にしろ！」

弥生が口を開こうとした瞬間、怒号が響いた。

「俺が麗華のスタイリストを引き受けたのは、おまえが仕事に対しては真摯に向き合っていると知っていたからだ。けどな、今のおまえには何の魅力もない。ただのわがままなだけの女だ。人の心を動かす物を作るため努力をしている人間の側にいる資格はない」

腕を振りほどいた元は、見たこともない冷たい目で麗華を見下ろしていた。

「一生懸命作ったモノには作り手の心が宿る。それが形あるものだろうと無かろうと一緒だ。アナウンスだってそうだろう？　俺は弥生のモノづくりに姿勢に感銘を受けた。周りの人たちだって、同じ気持ちだからこいつに協力しているのだろう。それがわからないヤツに、今回の宣伝を任せられない。これは、俺個人の意見ではなく、朝日グループとしての意見だ」

広いフロアに元の凛然とした声が響いた。そして、フロアにいた全員が水を打ったように静かになった。

「……な、なに、よ！　知名度がある私が出るのが一番よ！　そうでしょ⁉　みんな！」

麗華が周りのスタッフに同意を求める。しかし、それに賛同するものは、誰一人としていなかった。それだけならまだしも、皆が皆、麗華に冷たい視線を浴びせていた。場の空気の変わりように、弥生は恐怖を覚えた。

「……前からわがままだったけど、東京行ってさらにひどくなったな」

「確かに。もう三十でしょ？　やばいんじゃない？」

周りのスタッフから、麗華を咎める声がじわじわと広がっていく。明らかな悪意を隠そうとしない、その口調に弥生は嫌な気持ちになった。

「……っ！　な、なによ！　あんたが！　あんたが悪いのよ！　私に元を譲らないから！」

麗華の怒鳴り声がフロアに響く。先程収めた怒りが再燃し、弥生も負けじと口を開いた。

「元さんはアクセサリーじゃない！　仕事に私情を持ち込まないで！」

「っ！　うるさい！」

麗華が反論しようと口を開いた時だった。マネージャーである真砂がその口を塞ぎ、慌てフロアから麗華を連れ出そうとする。

「麗華さん、分が悪いです！　一旦引きあげましょう」

「ちょ、あんたまで！」

「いろんな人が見ています。これからのことを考えたら引いた方がいい」

「どうして！　ねえはじめ！　あなただって東京での仕事は楽しかったでしょ⁉」

「ヘアメイクの仕事はな。ただ、強欲でわがままな女のお守りまで引き受けたつもりは無い」

　話を振られた元は表情を変えることも無く、淡々と語った。歯に衣着せぬ物言いに、麗華の表情に絶望に変わった。そして、真砂への抵抗をやめた麗華は、引きずられるように は現場を去っていく。後味の悪い幕切れに、弥生の中に苦い想いが広がる。しかし、強い力がそれをすぐに忘れさせた。

「……弥生」

「……はじめ、さん」

「俺が……」

　言葉を詰まらせる元に、弥生は首を傾げる。元は何度か口を開いては閉じを繰り返して、最後に大きく息を吐くと何かを決心したように弥生を見つめてきた。

「……俺が弥生をスタイリングする」

「……え？」

「ｅｃｒｉｎと弥生、両方輝かせられるよう。俺が、おまえをこの場に相応《ふさわ》しくて一番綺麗してやる。……いや、させて欲しい」

　弥生は驚きに目を見開いた。ＹＥＳともＮＯともいう暇もなく、元は周りに指示を出し始めた。

「ここは百貨店だろ？　なんでも揃うよな？　おい、そこの！」

「は、はい！」

「ホワイトのブラウス、Sサイズ、Vネックの抜襟ができるタイプのもの持ってこい」

「……はい！」

「それから、そこの！　ブラウンのワイドパンツ！　ウエストをリボンでしばれるタイプのもの！　素材気をつけろよ！　光沢のあるものは避けろ！　パンプスはピンクベージュ！　favoritecolorsの新作！　ヒールにラメの入ってるもの！　あるだろ⁉」

「は、はぃ！」

現場の空気が、元の指示でどんどんと変わっていく。止まっていた現場の時間が、あっという間に動き出し、慌ただしさを見せる。きょろきょろと周りを見渡していると、元に腕を掴まれた。

「いくぞ」

「え、え？」

「弥生が作ったもの、そして、弥生自身も輝かせたい」

弥生は、口をあんぐりと開けたまま固まってしまう。しかし、一分一秒が惜しいとばかりに、腕を引かれ足が勝手に前に進む。

「はじめさん？」

「……髪はアップにして、アクセサリーは最小限に……くそっ、あれを出すか……」

時折悪態をつきつつも、元の足は止まらない。勝手を知ったようにバックヤードに押し込まれた。パイプ椅子に座らされると目の前の鏡に映る自分と目が合った。

「……え、と」

「これからヘアメイクしていく。生放送まで四十分。おまえは何を話すかだけ考えておけ」

――そんな無茶振り！

現状を理解した弥生は、ただただ呆然とするしかない。しかし、そんな間に元の施術はどんどんと進んでいく。肩まで伸びたセミロングの髪をまとめてアップにしていく、カーラーで巻かれた毛先は、ボリュームアップし、ふわふわと揺れていた。ヘアメイクをしている間にブラウスが届けられ着せ替え人形のように着せられた。持ってきたブラウスはゆるいシルエットの被りタイプのもので、元が「髪が崩れる」と文句を言いながらも着替えを手伝ってくれた。まるで魔法使いのように、弥生は美しい女性に仕立てあげられていく。

「……あの」

「なんだ」

「……いえ、その」

頑《かたく》なに弥生の首にあるほくろを見せたくないと言っていた元が、初めてアップの髪型をセットした。弥生は戸惑い、そのことを聞こうとしたが、真剣な元の表情に何も言えなくなってしまった。ケープをかけられ、メイクを施される。化粧水を染み込ませたコットンが肌の上を滑っていく。ひんやりとした感覚に、弥生は肩を震わせた。

「……弥生は顔の形がいい。頬から顎にかけてのラインがシャープだが、笑うと頬がふっくらと上がる」

メイク中であるため、目を開くことができない。元の低い声が、弥生の鼓膜をくすぐった。それはまるで、懺悔《ざんげ》をしているようにも聞こえた。

「だから……髪をあげていた方がいい」

「はじめ、さ……」

「このうなじの秘密を誰にも見せたくないが、今日は一番綺麗な弥生を皆に見せてやりたい」

言っていることが矛盾している。弥生は思わず笑いを噛《か》み殺す。

「笑うな」

「……だ、って」

「……弥生がかわいくて、綺麗なことは俺だけが知っていればよかったんだ。今日だって麗華よりも弥生が説明した方がいいってわかっていた。でも、それがテレビで、どんなヤツが見てるかわからないかと思うと……」

大きなため息が聞こえて、弥生は我慢出来ずに吹き出してしまった。

「もしかして、このところ悩んでいた様子だったのはそれですか？」

「悪いか……だけど、たぶんこれからきっと、」

また一つ大きなため息が聞こえた。

「どんどん遠い存在になるんだろうな……」

ぽつりと落とされた言葉に、左胸の奥がずくずくといやな疼《うず》きをする。まるで別れの言葉のようだと。

「……私は、ずっとずっと元さんが大好きです。だってここまで来れたのは元さんがいたからだもん……そ、それにわ、わ、私の……」

思いついた言葉を口にするには勇気がいった。けれども、今言わないでいつ言うのだと、拳を握りしめて自身を奮い立たせる。

「私の……いえ、私たちの秘密にキスをできるのは元さんだけだから」

まぶたを色付けていたブラシの動きが止まる。遅れて、からから、と何かが落ちる音が聞こえた。そっと目を開けると、化粧用に設置してもらったライトの眩《まぶ》しさの後に、驚きに目を見開いた元が見えた。音の正体は、手から落ちたブラシようだ。

「……元さん？」

「……はは、まいったな」

乾いた笑いが聞こえたと思ったら、後頭部を掴まれ、引き寄せられる。言葉を発する暇もなく唇をかさねられた。

「ん、む！」

唇を軽く食《は》まれる。驚きに薄く開いた口に、舌をねじ込まれた。忙《せわ》しなく余裕のないキスに、弥生は口の端から銀糸を垂らした。そのまますべてを委ねてしまいたかったが、生放送の時間が頭をよぎる。我に返った弥生は、元の胸を叩く。

「っ、ぷ、はぁ！」

弥生の必死の抗議が功を奏したのか、元の唇がゆっくりと離れていく。そして、すぐに弥生の肩に首を埋めて、二人の秘密の場所に唇が落とされた。

「……そうだよな」

「そうですよ」

「唇が腫れてる。リップを塗る必要ないな」

「……もうっ」

「さて、時間だ。一番綺麗な弥生を見せつけてこい」

メイクのために着けられていたケープを外される。真っ白なブラウスに、後れ毛の柔らかな雰囲気のアップスタイル。抜き襟《えり》がされており、デコルテが顕《あらわ》になっていた。首元が少し寂しいなと思い、鎖骨にそって指を這《は》わす。

「あ、まて。最後にアクセサリー忘れてた」

小さな細長いベロア素材の箱を開けた元が、金色のネックレスを取り出した。

鏡越しに見える細い金チェーンのネックレス。華奢《きゃしゃ》で繊細な細工のネックレスに、弥生の目は釘付《くぎづ》けになった。

「宵の明星をイメージしてある。まあ、一番星ってやつだな」

「……かわいい」

輝く金星をイメージした金色の星の中心に、小さなダイヤモンドが飾られていた。埋め込まれているのではなく、吊《つ》り下《さ》げタイプのダイヤモンドのため、弥生が呼吸をするたびにキラキラと輝きを放つ。抜き襟のブラウスと相まって、弥生のスタイルのよさと女性らしさを邪魔せず際立たせていた。

「……これ」

「弥生をイメージして俺が作った」

「……え⁉」

事の顚末《てんまつ》は後ほどと、立ち上がった弥生の背中を元が軽く押す。

宵の明星、一番星。夕日が沈み、一番に輝く星。朝日が昇るまで、輝く星。

まるで元の名前のようなネックレス。身につけると、元がそばにいてくれるような気がした。

「いってこい。弥生のキラキラをみんなに見せてやれ」

弥生は元の選んでくれたパンプスのヒールを軸にくるりと舞うように振り返る。

「いってきます！」

弥生が作り上げたキラキラを、皆に振りまくために。

14　幸せなエピローグ

「ぐぅ……！　くやしい……！　なんなの……？　どれだけ才能あるの……？」
　二、三十代をターゲットにしたファッション誌を開いた弥生は唸《うな》っていた。記事を目で追いながら、時々口をついて出るのは恨み言ばかりだった。雑誌を握る手は悔しさでぶるぶると震えていた。
　弥生の開いているページは、イチオシの新商品を紹介しているページだ。見開きのページいっぱいに紹介されているのは、きらびやかなアクセサリーたち。東京の銀座にある老舗の宝石店が販売を開始した、洗礼されたデザインでありながら、リーズナブルで手の届きやすい若者向けアクセサリーの特集ページだ。

　しかも、そのアクセサリーのデザイナーとして元の名がでかでかと書かれている。今、弥生の胸で光る金星をモチーフにしたネックレスもその一つだ。これはいったいどういうことだと元に詰め寄れば、

「俺も永遠に残る何かを作りたくなった」

　そう言って不敵に微笑んだのだった。

元の多才さは知っていたが、ここまでとは。弥生はその答えにむしろ目眩《めまい》を覚えたほどだった。

太陽系の惑星をモチーフにしたアクセサリーは、今後その数だけ展開していくということだが、金星だけは作らない。そう断言していた。その理由は、雑誌の中に書かれている。口に出すのも恥ずかしいほどの言葉で。

「うう、こんなキザなことして……！　だんだんキャラ、変わってない？」

弥生が悔しさと羞恥に身悶《みもだ》えしている間に、雑誌が何者かに抜き取られた。犯人は言わずもがな、真理だ。そして、弥生が身悶える原因となった一番恥ずかしい文章を大きな声で読み上げられた。

「宵の明星……つまり、金星。金星はたった一人の金星《ヴィーナス》に捧げたいので」

からかいを含んだその声を、弥生は慌てて止めようとする。

「こら！　まりちゃん！」

「うわー、想像以上の惚気《のろけ》……こんな雑誌の中で……ゲロ甘」

なおも真理は雑誌を読み上げていく。雑誌を取り上げようとするが、真理は弥生の腕をかわし、知られたくない秘密を読み上げていく。

「なになに？　消えないものを作り出したくなったのは、彼女のおかげ……一生心に残る夢を作り上げて次代に繋《つな》げて行ければ……」

「やめ、やめて！」

弥生の顔が、羞恥に染まる。それでもなお、真理は雑誌を読み続けた。

「負けていられない。そばにいるために、僕も成長しないといけない……」

ひぇー！　と真理の叫び声がオフィスに響く。弥生は慌てて真理の口を塞ぐ。

「声がでかい！」

「ふぁっふぇー！」

弥生の手から逃れた真理は、声のトーンを少し落とす。そして、雑誌を指さしながら弥生に詰め寄った。

「弥生さんの胸に光るネックレス、テレビでもかなり反響があったみたいですよ！　それこそ、ｅｃｒｉｎを凌《しの》ぐ勢い！　商品化すればすぐにヒットするだろうに……からの、この、愛され発言！」

「ま、まりちゃ」

「つかぁー！　羨《うらや》ましいったらありゃしない！」

真理が地団駄を踏み始め、弥生はどう収集させようかと頭を抱える。

テレビ出演から一ヵ月。ｅｃｒｉｎは、地方を飛び出し、都市部にある有名百貨店や文具店に商品を置いてもらえるまで成長した。今まで経験したことがないほど、売り上げがうなぎのぼりだと社長がニコニコと笑っていたのも記憶に新しい。ただ、弥生がテレビに出たことでより目立ったのは、ｅｃｒｉｎでもなく、弥生でもなく、元の着けてくれたネックレスだった。

――もしかしたら、これを狙っていたのかな？

そう疑ってしまうほどに。

けれども弥生は、疑いよりも先に喜びが勝った。ずっと自分は元に似合わないと負い目に思っていたが、元と肩を並べられた。そんな気がしたからだ。追いかけていた側から、追いかけられる側へ。抜きつ抜かれつ……。業種は違うとはいえ、それはとても心地がよくて、ワクワクするような関係だった。

もちろん、元がそれを狙ったわけではないと知っている。たまたまだとはいえ、運さえも味方につける。それが元なのだろう。

「私も彼氏が欲しい……」

「……」

雑誌を抱えたまま、真理が項垂れるのを見え、これは愚痴が長くなりそうだと思っていたら、オフィスの入り口で宅配業者の声がした。いつもなら総務が受け取るのだが、あいにく席を外しているようだ。これ幸いとばかりに、真里から逃げるべく弥生は入り口に向かう。

「ハンコかサインを下さい」

「はい」

宅配員に受取票を押さえてもらい、弥生は伝票に自身の名前をサインする。

「……初めて会った時もこんな感じでしたね」

え？　と思い、顔を上げると、帽子を取った宅配員と視線がかちあう。

トレードマークのふわふわの柔らかい髪をすっかり短くした福西がそこにいた。

「……な、何を」

「再出発です。親に見捨てられたので、知り合いを通してここでバイトしてます。もう卒業は決まってますし。たぶん卒業すれば家に戻れると思います」

悪さをしすぎましたと、福西は淡々と語る。どこか他人事のように話す福西から、弥生は距離を置く。警戒心を顕にした弥生に、福西が苦笑いを見せる。力のない笑いに、弥生は少しだけ緊張を解く。

「……俺これから休憩なんです。少し話をしませんか？」

NOを突きつけるのは簡単だった。けれども、ここで話を付けなければお互いに終われない気がしていた。

「……人目のある所なら」

腕組みをして、そう提案した弥生に、福西はまた力なく笑った。こっちにきて、と促せば福西は勝手を知った様子で弥生の後についてくる。

スマートフォンを片手に持ち、ひと気のある共同休憩所を話し合いの場として選ぶ。福西を壁際へ、弥生は広い廊下側を背にし、逃走経路を確保する。

「信用ないなぁ」

「当たり前でしょ？　自分が何をしたか忘れたの」

弥生の発する声は硬い。警戒心を解く様子の無い弥生を小馬鹿にするように、福西はわざとらしく笑い声を上げた。

「忘れてませんよ。だってどうしても欲しかったんですから」

「……あのねぇ」

「初めて弥生さんを見た時、俺は心底羨ましいと思ったんです」

「……？」

短く切りそろえた髪を手え乱し、福西は備え付けのソファに乱暴に腰を下ろした。そして、弥生を見つめながら語り始める。

「人手が足りないって言われて、あの日だけ配達のバイトしてたんです」

「……あの日？」

「弥生さんが初めてｅｃｒｉｎのサンプルを手にした日」

弥生は遠い記憶を呼び起こす。サンプルが届いた日は、弥生にとって人生が大きく転換した日だった。元のことで悩みつつも、夢が叶った日だった。その中に福西の記憶はまったくない。無いものを引っ張り出せるはずもなく、弥生が首を傾《かし》げていると、弥生の疑問に答えるように福西がさらに言葉を加えた。

「あのサンプルを届けたのは俺です」

「……気づかなかった」

「でしょうね。弥生さん、荷物しか見てなかったし。……あの日、弥生さんが小さな箱を抱きしめてるのを見て、その箱が俺だったらいいのにって本気で思ったんです。……嫌味でも何でもなく、幼い頃から一通りなんでもできて、金もあって、恵まれていた俺が初めて欲しいって思ったのが弥生さんでした。あんなふうに愛おしげに俺のことを見て欲しいって」

福西の衝撃的な告白に、弥生は言葉を失った。本心がまったくわからない、と思っていたが、福西の気持ちは本物だったことを今知った。

「……旭元の存在は早い段階で知ってました。何とかしてこの会社に入って、隙を見て奪おうって。簡単だろうって思ってました。けれども弥生さんはあの人とｅｃｒｉｎだけを真っ直ぐに見て、俺の方をまったく見ようとしない。……悔しくなって、力ずくと思ったけれどもそれとうまくいかない。最終手段の麗華さんに対しても、弥生さんは見事に打ち勝った」

膝に置いた福西の手が震えているのが目に入る。まるで懺悔のような語りに、同情してしまいそうになる。

「好きです。どうしても手に入れたいと思っています」

「福西くん」

言葉を続けようとした福西を、弥生は強い口調で遮る。

「私は福西くんのしたことを許せない」

福西の表情に絶望が浮かぶ。弥生の同情を期待しているのかもしれないが、彼にされたことを思えばそんなもの欠片も浮かんでこなかった。

「……俺も旭元もそんなに変わらないと思います。御曹司で、なんでもできて、見た目だって悪くない。同じでしょ？　弥生さんのこと、ずっと大切にしますから」

「元さんと福西くんは全然違う。置かれた身も境遇はなんとなく似ている。けれども、決定的に違うものがある」

縋ろうとする福西を、弥生は一蹴する。決別すると心に決めている弥生の迫力に、福西は気圧されているのか、弥生から顔を背けた。

「それはね、努力。福西くんは、私とうまくいかなかったからといって約束していたインターン期間を終えることなく勝手に辞めていった。私が欲しいと言いながら、自分を高める努力をせず、福西百貨店の名前や麗華さんを使ってどうにかしようとした。元さんは違う。自身の置かれた境遇の中で、腐らずここまでやってきた。そして、自分の天職を見つけて、たくさん勉強して完璧にモノにしている」

人間としての魅力。

福西と元に圧倒的に差があるもの。

「私は、福西くんを許さない。だからもうこうして話をすることもない」

弥生は福西に背を向けた。硬い床を叩く、弥生のヒールの音だけが二人の間に響いた。

二人の間に距離をできた時だった。がたん、と背後で大きな音がした。

「……おれ、一からやり直します」

その宣言に、弥生は足を止めた。

「うん、頑張れ」

振り返ってその一言だけを贈る。笑顔は見せない。フロアに膝をついて座っている福西の返事は待たずに、また歩き出す。

弥生ができる最大の激励を送った。


「……ん、ぁ」

「それで、きっぱりと断ったんだろうな」

「あっ、あん……そこ、イ、ャ……」

首筋の二つならんだ黒子《ほくろ》を起点に、耳たぶを重点的に舐《ねぶ》られる。ちゃぷん、と水の跳ねる音と元の舌が奏でる愛撫の音が重なる。卑猥なハーモニーに、弥生の身体はとろけきっていた。

弥生の快楽が増すごとに、激しく湯が波立つ。湯の中でゆらゆら揺れる身体の奥深くに元の指がねじ込まれているからだ。

勤務時間がずれている二人にとって、風呂での時間は数少ないスキンシップの時間だった。甲斐甲斐《かいがい》しくヘアケアを施された後に待ち受けているのはいつも、肌の触れ合いだった。

先程から元が執拗に問い詰めているのは、福西のことだった。どこかから連絡をもらったのであろう元から、就業中にもかかわらず電話があった。慌てた様子の元に事の顚末を話していたが、執拗《しつよう》に弥生の口から聞きたがった。しかし、話をしたくても、与えられる快楽のせいでまともに口を開くことすらできなかった。

「あっ、それ、だめ……ぇ」

「断ったんだろう？」

「んんん、っあ、っはぁ……っ、こと、わっ、たからぁ」

「よし」

何が「よし」だ。弥生の頭に反抗的な言葉が浮かんだ瞬間、見透かしたように元の指が弥生のイイトコロを刺激した。中指を軽く曲げると当たるその部分。すっかり暴かれてしまった弱い部分を、元の指が小刻みに刺激をする。強まった快楽に、弥生はだらしなく口を開けてただ喘《あえ》いだ。すぐに押し寄せてくる絶頂の波に身を任せた。

同時に、髪で隠せるようになった黒子付近を思い切り吸い上げられる。痛みと言うには甘すぎて、快楽と言うには刺激的すぎる。ぬるま湯のようでいて、熱く苦しい愛情表現に、弥生は包まれていた。

「……ん、ぁ、は……っ」

「立って」

達した弥生の身体が湯船から引き出される。壁に手をつくように指示され、蕩けきった身体と頭をフル回転させて言われた通りに壁に手を付く。すると、いやらしく尻を向ける形となった。来るであろう快楽を期待して、濡《ぬ》れた尻を無意識のうちにゆらゆらと揺らし元を誘う。

弥生の誘いに気がついた元に腰を持ち上げられ、戸惑う間もなく熱く太い楔《くさび》を打ち込まれた。

「っン、あぁ！」

「き、つい。やよ、ちから……ぬけ」

「あひ……ア、っむ、ぅり……っんん」

達したことで締められていたナカをこじ開けるように杭《くい》うたれる。その刺激に、弥生も元も飲み込まれそうになっていた。互いに堪えて、同時に艶めかしいため息をつく。じっとしていると、熱い塊の存在を自覚し、蜜がとろとろと溢れ出した。

「動くぞ」

「……ん、う、ん」

弥生の返事を待たずに、元はゆるゆると腰を動かし始める。優しい動きとは裏腹に、弥生の腰を掴む手には力が込められていた。

「あ、ぁ、ン、ン」

元の腰の動きに合わせて漏れる声は、甘く切ない響きだった。だんだんと腰を打ち付けるスピードが早くなり、弥生の声のボリュームが上がる。

バスルームは、音が響く。情事中に放たれる音も例外ではない。パンパンと腰を打ち付ける音が、耳を塞いでしまいたくなるほどに高く大きく響いていた。中心部の快楽に重ねられる、唇での愛撫《あいぶ》。二人だけの秘密の場所を念入りに責められて、弥生は何度も達した。

振り向けば、苦しいほどのキスが降ってくる。

無意識のうちに口から漏れる、おねだりに元は期待以上の快楽を与えてくれる。

弥生は心も身体もすべてを搦《から》め捕《と》られていた。知ってしまった快楽も、隣にいる心地よさも、ビジネスの先輩として与えてくれる刺激も……。弥生にとって無くてはならないものになってしまった。

「あっ、あァっ、すき、すきです、はじめ、さん」

「……っ、おれ、だって」

腰を打ち付けるスピードが早くなる。その刺激に身を任せるのはとても気持ちがいい。

今日一番の絶頂を味わうために、弥生が身も心もすべて委ねようとした時だった。

「弥生は俺だけを見ていろ」

秘密の場所に唇を寄せながら、元が低い声で弥生に命令した。

有無を言わさない声色と態度に弥生の心も身体も震えた。

——やだ、すごい感じちゃう……。

ぞくぞくと這《は》い上《あ》がってくる快感に、弥生は堪えきれず大きな声をあげる。その度に、胸元で星が揺れていた。

「これも、絶対外すな。弥生が俺のそばにいるという証」

「は、い……っ」

細いチェーンが、元の太い指に引かれる。ゆとりを失ったネックレスが、弥生の首に軽く食い込む。ほんの少しの息苦しさが、元の愛に似ていた。

くらくらと目眩《めまい》のするような愛を感じた瞬間、弥生は絶頂を迎えた。


「ちょっと前の忙しさが嘘のように落ち着いていますねぇ」

「ほんとだね」

「あ、せんぱい。新しい髪型もめっちゃ似合ってます」

「でしょ？　みんな褒めてくれるの」

真理の持ってきてくれたコーヒーを口にし、互いの近況報告をする。熱いコーヒーがおいしい季節になったと同時に、弥生たちの仕事にもゆとりができた。少しぼんやりする時間があると、思い浮かぶのは一人の人。

比較的余裕のできた弥生と違い元はジュエリーデザインの仕事も入ったせいかあちこち忙しそうに飛び回っていた。

「……あれは弥生のためだけに作ったはずなのに」

あまりの忙しさに、元がベッドの中でポツリと呟《つぶや》いたことを思い出す。昔からの知り合いの伝《つて》で弥生のためだけに作ったアクセサリーのつもりだったが、それがどうやら経営者の目に留まってしまったらしい。断る暇もなく話だけが進んでしまい、いつのまにかズルズル……と、元が嘆いていた。

「なんだ、私はてっきり売り上げアップを狙ってあの時《テレビ》つけたのかと」

「……俺がそんな狡《ずる》いことをする男にみえるのか？」

「まさか。でも一瞬疑っちゃいました」

このやろう、と髪を乱される。元によって綺麗に整えられた髪が心地よさそうにあちこちに跳ねる。

「あ、ん！」

「そういうことを言うヤツは、お仕置きだ」

にやり、と笑った元に弥生は口元を緩めた。

「望むところですよ」

そう言って弥生から重ねた唇は、すぐに深いものへと変わった。

――我ながら恥ずかしいことを言ったもんだ。

思い出してしまった情事に、弥生は顔をほんのり朱色に染めた。隣では真理が下世話な女性週刊誌を片手に弥生に話しかけていた。その表紙には、「夏木麗華、超人気お笑い芸人とお泊まりデート」と、でかでかと書かれている。前は名前を見ただけで心がざわついた。けれども今はなんの興味も湧かない。自分も強くなったものだと弥生は微笑む。

「最上！　三番に電話！　箕面《みのお》プラスチックさんから！」

「あ、はーい！」

課長の緊張した声が、弥生を現実に戻した。社名を聞いて弥生は慌てて立ち上がる。

「今度の試作品のことかな」

弥生は逸《はや》る気持ちを抑えられず受話器を取る。

「もしもし、お待たせしました。担当の最上です……」

弥生は資料を目に通しながら会話する。胸元で変わらぬ輝きを放つ星とすっかり軽くなった髪が揺れた。弥生のシャープな顎が強調されるように整えられたショートカットは、職場でも評判だった。短い方が似合うと取引先でも褒められ、弥生はここぞとばかりに元の店を宣伝した。そして、外されることのない金のチェーンは細い首筋をより美しく飾っていた。

元が執着した弥生の秘密を隠す必要は無くなっていた。確固たる愛が弥生と元の間に形としてあるからだ。

「はい！　それでお願いします。ｅｃｒｉｎの第三弾、よりよいものにしましょうね！」

晒された秘密に、キスをできるのはただ一人だけ。

番外編　元の決意

「……え？　仙台、ですか？」

弥生の持っていた箸《はし》が音を立てて床に落ちた。呆然《ぼうぜん》とする弥生の代わりに、落ちた箸を元《はじめ》は拾おうとしたが、硬質な床に叩きつけられ行方知れずとなった。弥生は、未だあんぐりと口を開いたままだ。箸が落ちたことも気づいていないかもしれない。

弥生の表情に、元は言葉の選択を間違えたことに気づく。言葉足らずな自分に心の中で舌打ちし、固まったままの弥生の手に自分のものを重ねた。

今朝、一美から高らかに「仙台に新店舗を出すから。元がスタッフ教育してね」と宣言された。元に拒否権はない。了承の返事と引き換えに、あるものをもぎ取ってきた。

「大丈夫か？」

「あっ、ハイ。大丈夫、です。新しいお箸、持ってきます」

全然大丈夫じゃないだろう。キッチンに向かう弥生の背中を追いかけた。

「弥生」

「仙台、に新店舗。だよね？　うん、聞きました。大丈夫です」

箸の閉まってある引き出しをガチャガチャと掻《か》き回《まわ》しながら、弥生は元に話をさせまいと言わんばかりに捲《まく》し立《た》てている。

「誤解をしているようだが、異動じゃないぞ」

「……え？」

くる、と振り返る弥生の瞳が潤んでいる。少しつり目気味の瞳いっぱいに溜《た》められた涙は今にもこぼれ落ちそうになっていた。加えて、いつも赤みがさしている頬も、血の気が引いたように真っ白だった。

思った以上の勘違いっぷりに慌てた元は、弥生の小さな背中を包み込むように抱きしめる。涙がこぼれ落ちそうになった寸前、輝く雫《しずく》を唇で掬《すく》った。

「しょっぱいな」

「ごかい……って？」

目尻や瞼に唇を落としていると、柔らかさと温もりに夢中になってしまう。弥生に続きを催促され、我に返った。少し震える声に、麗華や福西のことで弥生を相当傷つけたことを再度自覚した。痛む胸を戒めとし、なるべく優しい声を出すように意識する。そして、元はゆっくりと話を続けた。

「新店舗の立ち上げで少し出張が増える程度だから。週に一、二度行くくらいだ」

「……そうだったんだ。私ったら、早とちりしちゃって」

引き出しから箸を取り出す細い指を、自身の手で包み込む。変わらぬ震え声に、元はこれ以上ない愛おしさを覚える。

「向こうに行っても連絡するよ」

「お仕事、忙しいでしょ？」

「俺がしたいんだ。毎日弥生の声を聞きたい」

「……邪魔に、ならない？」

「ならないよ」

だからと言って不安を消せるわけではないが、と元は心の中で呟く。消せなくとも、和らげるように。そんな願いを込めて、白く細い指をそっと持ち上げ、柔らかい手のひらに唇を落とす。真っ白だった頬に赤みがさしたのを確認する。そして、元は一番伝えたかったことを口にした。

「悪いことばかりじゃないからな」

「……え？」

「オープンの次の日から三日オフにした。弥生の休みが合えばこっちに来ないか？」

「……こっちって？」

「仙台。仕事の後にはなるが……そうだな、温泉でも」

えっ！　と腕の中で弥生が跳ね上がる。頬をみるみるうちに紅潮させて、大きな瞳が緩く細められた。嬉しそうな反応に、自身の選択が間違っていないことに安堵《あんど》した。

「温泉……っ」

「実は色々調べてあるんだ。土曜日オープンだから、日曜……。月曜日休めるか？」

「はい！　有休も余ってます」

嬉しそうに跳ねる弥生の身体をきつく抱きしめる。喜びを全身で表してくれる弥生が愛しくて仕方ない。

仕事に私用を混ぜるなど、今までの元ではありえなかった。しかし、弥生の弾ける笑顔が見られるなら、すべての慣例を覆してもいいと思っていた。

寂しい思いをたくさんさせた。嫌な思いも同じだ。けれども、自分はもう弥生を手放せないことを元は嫌と言う程思い知った。仕事に真摯に向かう姿、恋人《はじめ》への可愛らしい振る舞い。これらを目にするたび、どうしようもない独占欲だけが膨れ上がっていく。いずれ弾けて、弥生を閉じ込めてしまうのでは？　と、怯《おび》えることも少なくない。

「……けれども」

「うん？」

「……なんでもない」

絶対に、手放したくない。

そのためにどうしたらいいのか。

元の中ではもうとっくに答えが出ていた。

「うわぁ……すごい趣のある旅館……」

少し窮屈だったレンタカーから降り、思い切り腕を伸ばす。すると、助手席から降りた弥生のあげた声が聞こえた。素直な反応に、元は思わず吹き出してしまった。

「中庭も散歩できるみたいだ。風呂に入ったら行ってみよう」

少しでも長く二人きりでゆっくりするため、アーリーチェックインにしてよかったと、元は弥生の腰を抱きながら思う。

「あんまりはしゃぐと転ぶぞ」

「大丈夫です！　はしゃいでなんかいません」

声色だけでも十分はしゃいでることが伝わってくる。腰を抱いても反論しない弥生を元は微笑ましく思った。調子に乗って少し伸びた髪にキスを落とす。擽《くすぐ》ったそうに身をよじる弥生にさらに愛しさがこみ上げてきた。

「それにしても、元さんのスーツ姿久しぶりだからドキドキしちゃう」

「弥生を迎えに行く前に店に寄ってきたからな。さすがにオープンの次の日に私服っていうわけにはいかないから」

オフィスで働く弥生にとってスーツなど珍しくないだろうに。そう続けると、「元さんのは特別です！」と力説された。よくわからない理論に元は苦笑いを浮かべる。

「とりあえず、ありがとうと言っておくよ」

少し口を尖らした弥生の頬を撫でる。そして、先を急ぐように弥生の手を取り、入り口に向かう。

仙台市内から車で一時間ほどの距離に目当ての温泉宿はあった。山奥にあるせいか、建物の荘厳な構えのせいか、空気が重く感じられた。しかし、宿の明るい緑とオレンジを基調とした暖簾《のれん》が、重たい空気を払拭してくれる。ごうごうと篝火《かがりび》が焚《た》かれ、その下には丁寧に頭を下げる仲居の姿があった。

「いらっしゃいませ。旭様、お待ちしておりました。さぁ、奥様、荷物をお預かりします」

「おくっ……!?」

「ありがとうございます。妻は今日遠方から来たので助かります」

否定することもなく、元は弥生の荷物を仲居に手渡す。横で慌てる弥生の細腰をさらに引き寄せた。

「そうでしたか。遠くからありがとうございます」

「い、いえ……素敵な旅館で驚いています」

「ありがとうございます。うちはここらでも一番歴史が古いんですよ」

こちらへ、と案内されたのは広いラウンジだった。革靴が沈み込むほど毛足の長い柔らかい絨毯《じゅうたん》を踏みしめる。隣にいる弥生が「ふかふか」と、喜ぶ様子に元は頬を緩めた。案内されたソファも程よいクッションで慣れない道を運転した元の身体を癒やしてくれた。

「では、こちらにお名前とご住所を」

「わかりました」

チェックイン用の帳簿に記入をしていると、温かい日本茶がふるまわれた。すると、隣にいた弥生が身を寄せてくる。そして、元の耳元でこそこそと囁いた。

「奥様って言われちゃった」

「……そうだな」

「元さん、否定しないんだもん。さっきから心臓が……もう、ひどい！」

ただでさえこんな高級旅館なのに。と口を尖らせる弥生がたまらなく可愛くなって元は赤く色づいた頬に口付ける。

「いずれそうなるだろう？」

少し伸びて肩に付くようになった髪を一房掬《すく》い、囁く。

「はっ、ははは、はじ、めさ……！」

元の一言に、頬の色づきが濃くなる。慌てふためく弥生に、また吹き出してしまう。

「わら……っ！　笑うなんて」

「悪い。反応があまりにもかわいくて」

「ひどい……」

「ごめんごめん。ほら、案内してくれるみたいだ。行こう」

弥生の手を引いて、立ち上がらせる。小さな身体を受け止めると、小さな手のひらで胸元を押された。

「もう……冗談はやめてくださいね？」

小さな抵抗に、元は何も答えられなかった。

「ほら、行こう！　女将さんが待ってる」

逃れるように元の腕から弥生が抜け出す。離れた温もりに孤独感を覚える。冗談だと受け取られたのは心外だった。いつだって元は嘘を言わない。弥生にだけは誠実でありたかった。

「弥生」

離れた背中にかける声は、嘘などない。本当だ。そんな意味を込めたものだった。しかし、喉から絞り出された声は、存外縋るようなものになってしまった。しまった、と思った時には、つり目の大きな目をまん丸にした弥生と視線がかち合った。

情けないと視線を逸らすと、手のひらに温もりを感じた。にっこり笑う弥生と、今度は近くで視線がかち合った。

「行きましょ？」

「……ああ」

弥生を追いかけるように、一歩踏み出す。弥生は、生命力に溢れた美しい女性だ。子供の頃からの夢を叶えた。それだけで満足せず、前へ前へと進んでいく。のらりくらりと生きてきた元にとって、弥生は輝く太陽のような存在だった。明るく周りを照らす太陽。けれども、眩しすぎて直視できない。最初は住む世界が違いすぎて、元の手の届かない存在だった。今でこそ、スタイリストやジュエリーデザイナーとして世間に認められていた。しかし、もし街を歩く弥生を見つけていなかったら、どちらも成功していなかっただろう。

「……女神のようだな」

ぽつりと落とした言葉は、毛足の長い絨毯に吸い込まれて言った。

弥生、弥生。

心の中で何度も背中に向かって名前を呼ぶ。弥生の前に立つと、格好つけることすらできなくなってしまう。地位も名声もすべて剝がされ『旭元』をさらけ出している。そんな気にさせられた。

本当の元は、嫉妬深くて、臆病者だ。誰かに取られそうで、弥生を一歩も外に出したくない。自分の醜さをこれまでうまく隠してきたのに、弥生を知れば知るほど外に溢れそうになる。そうならないうちに、早く弥生を自分だけのものにしたかった。

引かれる手とは逆の手で、元はスーツのポケットに無意識に撫でた。

大丈夫だろうと自身に言い聞かせてきたが、胸が嫌な高鳴りをする。もし、もし……と、嫌な想像が元の脳裏をかすめる。断られたら。戸惑われたら。

「元さん？」

はっと意識が現実に戻る。気がつくと今日泊まる部屋の前だった。そぞろな返事をし、案内されるがまま部屋に入る。

「……う、わぁ！」

先に入っていた弥生の感嘆の声を上げる。遅れて部屋に入ると、まず眩しさに目を細めた。

「はじめさん！　すごい！　綺麗！」

広いベッドルームの奥には、窓一面の緑と手前には客室専用檜《ひのき》の露天風呂。掛け流しなのか、湯の流れる音が静かに響いていた。外と部屋を隔てるのは継ぎ目のない一枚貼りのガラスだ。今の時間はさんさんと太陽の光が差し込み、緑に反射して部屋を輝かせていた。

「思った以上だな」

「見て見て！　キャンバスが置いてある！」

「そちらは、以前お泊まり頂いたお客様に、絵を描きたくなるような素敵な風景と褒められてから置くようにしてみたんです」

「……すてき……っ!!」

きゃっきゃと楽しそうにはしゃぐ弥生に、女将が「ぜひ描いてみてください」と木炭を差し出していた。

「こんな素敵な環境だったら、いくらでもデザインが浮かびそうです！」

女将と楽しそうに仕事の話をする弥生を、元は目を細め見つめる。太陽の光のせいではなく、弥生がとても眩《まぶ》しく見えたからだ。

「はじめさん、はじめさん！　来てきて！」

キャンバスを指さす弥生に引き寄せられる。上質な畳は、足音を消し、自分が今この場に本当に存在するのかと疑ってしまう。実はすべてが夢で、自分も、そして目の前にいる弥生もすべて夢の世界なのでは？　そんな馬鹿げた妄想が元を支配する。

本当に夢だったら？　と、急に不安になり、元は縋るように手を伸ばした。

「……びっくりした！」

「ほっぺたに木炭が付いてるぞ」

「えっ、ほんと？　さっき擦った時かなぁ？」

キャンバスだけでなく、頬にもデザインを描くつもりか？　と口にしながら元は弥生の頬についた木炭を擦る。柔らかい頬と、薄い皮膚の向こう側にある血の管から伝わる熱が、元に教えてくれた。

「夢じゃないいな」

「そうですよ！　こんな素敵な所に来たんですから。夢じゃ困ります」

元の気持ちなどちっとも知らずに、はしゃぐ弥生。元の行き先を照らすあかりのような存在を、元はそっと抱き寄せる。

「そうだな」

柔らかな温もりを手に、元は弥生の首筋に顔をうずめた。


「おいしい……お肉がとろける……」

「うまい……」

「ねっ？　ねっ？　美味しいよね……」

部屋の案内を終えたあと、先《ま》ずは大浴場に行き、温泉を楽しんだ。その後、宿自慢の庭園をゆっくり散歩した。人工池には錦鯉《にしきごい》が優雅に泳いでおり、二人でのんびりと鯉を眺めた。ゆらゆらと尾びれを揺らし、優雅に泳ぐ鯉に二人共、目が釘付けになってしまった。

緑に包まれた爽やかな庭園と、湿り気があって重たい温泉の空気を存分に感じ、非日常を味わった。あっという間に、夕飯の時間となり、今は部屋でメインディッシュの仙台牛を楽しんでいる。締めのご飯と椀《わん》物と一緒に、水菓子も並べてくれたため、今は元と弥生二人きり。のんびりした時間を楽しんでいた。

「はぁ、ほんとに美味しい。けど、何よりも嬉しいのは、元さんに浴衣を着せてもらったことかな……」

お姫様になった気分です。と笑う弥生は温泉のせいが、頬を赤く染めている。元は口をつけていた猪口《ちょこ》をテーブルに置く。

「浴衣一つで……随分と安上がりなお姫様だな」

「だって！　元さんに選んで着付けてもらえるなんて思ってもみなかったんです！」

散歩の帰り道、女将に声をかけられ、よかったらと勧められたのが浴衣だった。最近の旅館には浴衣を無料で貸し出す所が多い。元は迷わず弥生に勧めた。着れないと恥ずかしがる弥生に、もう一度自分の職業を知らしめんとばかりに、元は濃紺地に紅の椿《つばき》があしらわれた浴衣と、薄緑の帯を手に取る。肌襦袢《はだじゅばん》を羽織った弥生に変な気を起こさなかったと言えば嘘になるが、せっかくの旅行。元は鉄の理性で抑え込んで我慢した。

「夢みたいです。こんなふうにゆっくり二人でいられるなんて」

「……ほんとだな」

「あと、元さんの浴衣姿もとっても素敵」

「そうか？」

「はい！　選んだ私を褒めたい！　スーツも素敵だけれども、浴衣も素敵！」

男性の浴衣レンタルは有料だったため、最初元は渋っていた。しかし、弥生のおねだりに負け、結局二人仲良く浴衣を着て夕食を迎えることになった。

「向こうより日が暮れるのが早いですね」

「本当だな。日が落ちてくると、少し肌寒いくらいだ」

「……なんか、もの悲しくなりますね」

少し早めの夕飯だったので、沈む夕陽を見つめながら弥生がぽつんと呟《つぶや》く。

「さみしいか？」

「……っ、ううん。ただ、」

「ただ？」

「楽しい時間が終わっちゃうかな……って」

湯上がりとほんの少しの酒のせいか。弥生の頬が赤く色づいている。浴衣の合わせ襟からのぞく鎖骨になんとも言えない色気が漂っていた。

「……はじめさん？」

もの言わぬ元を不審に思ったのか、弥生が小首を傾げる。薄く開かれた唇がとても柔らかいことを元は知っている。風呂も食事も終わり、二人を邪魔するものは何も無い。

心もとなそうに視線をさ迷わせる弥生の元に、足音を立てずに向かう。後ろに座り、包み込むように抱きしめた。

「終わるのが寂しいのか？」

「……っん、」

下ろした髪に隠された二つの黒子に唇を落とす。

「声、聞かせて。我慢しないで」

耳元でそう囁くと、弥生の身体がびくりと震えた。そのまま耳朶《みみたぶ》を甘噛みする。そして、流れるように首筋に唇を寄せた。跡を付けないように細心の注意を払いながらうっすらと血の管が透けて見える肌に吸い付く。

「……あっ、んん……」

ちゅ、ちゅ、とわざと音を立てると輪唱のように弥生が甘い声を上げる。

「終わらないよ」

「……え？」

「今日だけじゃなくてずっと続くから」

「……どういう」

疑問を口にしようとした弥生の唇に、自分のものを重ねる。薄く開いていたので、すぐに舌をねじ込む。最後に食べたシャーベットのせいか、互いの口内はひんやりとしていた。しかし、唾液が交ざるうちにすぐに熱を持った。

「どういうことかはすぐにわかるよ」

訝しげに瞳を細めた弥生の頬にも唇を落とす。すぐにでもネタばらししたいところだが、元はぐっとこらえる。今日一日我慢した弥生を堪能することが先だった。

「あっ、くずれ、ちゃう……」

「また着せてやるさ」

合わせ襟から無遠慮に手を入れると、すぐに柔らかな膨らみに当たる。襦袢《じゅばん》の上から指を滑らせると、「あんっ」と小さな声が聞こえた。

「自分が着せたのを脱がせるのは背徳感があっていいな」

「んっ、ぁあ……ん、はじめ、さぁ……ん」

欲を言えば下着をつけないで欲しかったが、レンタル品のため仕方ないのだろう。滑らかな襦袢の上から乳房を愛でるのはすぐ飽きた。脇を抱えて、弥生を持ち上げる。そして、自身の膝に乗せ、向かい合わせにする。

「弥生」

「……はじめ、さん？」

蕩けきった表情で名前を呼ばれる。柔らかな髪をひと掬《すく》いして、さらさらと鎖骨に流す。

「弥生からキスして」

自分だけの大切な存在だと教えて欲しかった。そんな元のささやかなわがまま。一瞬、視線をさ迷わせた弥生が、意を決したように口を一文字に結んだ。

「……目を閉じてください」

首を少し傾げて近づいてくる弥生。目を閉じてその瞬間を待つ。

「……すき」

吐息の交じる距離で囁かれる。今それを言うか⁉　と、元は驚きに思わず目を開いた。

「ん、っ！」

その瞬間、柔らかくて熱い唇が重ねられた。いつもと逆の立場に元はぞくぞくした。舌がぎこちない動きで元の中を探る。そのたどたどしさに全身が熱を帯びた。

「……は、ん……」

ぴちゃぴちゃと唾液が交差する音が広い部屋に響いた。弥生の細腕が元の首に絡まる。それを合図に、元は薄緑の帯に手を伸ばした。自身が着付けた帯になど苦労するわけにいかない。するすると帯を解いていく。細い紐一本で留められた浴衣はすでにはだけていた。唇を重ねながら少しずつ弥生の柔肌に近づいていく。

「あっ、……んんっ、だめぇ……」

「ダメじゃないだろ？　あちこち待ってるようだ」

少し乱暴に裾を開くと、温泉でいつも以上にすべすべになった太ももがあらわになった。中心部に向かって撫でると、弥生が小さく仰《の》け反《ぞ》る。

「太ももを触っただけでもわかる」

「……？」

「もう、濡れてるだろう？」

かっ、と赤くなる弥生の顔が答えだった。見せつけるように手を中心部に這わすと、しっとりとした感触が指先を刺激した。

「……あん」

「当たった」

クロッチ部分を少しずらせば、待ち望んでいたように蜜が流れた。探るように一本ショーツの中に指を入れると、すぐに蕾《つぼみ》を見つけた。かり、第一関節を曲げて、指の腹で引《ひ》っ掻《か》いてやる。

「ああっ！」

「もうこんなにして。ヤラシイな」

「いや……あっン、そんなこと、言わないで……」

円を描くように弄ると、可愛らしい反抗が返ってくる。同時に、中に一本、指を挿れる。うねるような収縮を繰り返す蜜壷は、ぬるく、心地よかった。

「中も……すごいな」

「あっ、あっ！　だめ、だめ……いっちゃう……っ」

蜜壷と蕾を一緒に弄る。足先をぴん、と伸ばし、仰け反る弥生。白い首筋が目の前にさらけ出され、堪らず唇を寄せた。先程のような優しい吸い付きではない。明確な意思を持って、元は紅《あか》い花を咲かせた。

「っ、っんぅう……っ！」

びくりと身体を震わせ、達したことを教えてくれる。元はその身体を力の限り抱き締めた。弥生の息は荒く、元の首に絡められていた腕もだらんと畳についていた。

「弥生」

「は、い……」

ふうふう、と荒い息を整える暇も与えず、元は唇を重ねた。舌を絡ませ、離れる際には愛の言葉を紡ぐ。その下ではすでに陰茎が、今までにないほどそそり立っている。浴衣をくつろげると、濡れそぼった蜜壷に擦り付ける。すぐさま挿入したいのを我慢し、避妊具を取りに立ち上がろうとした時だった。

「……そのま、ま」

「……やよい？」

「お願い、がまんできない」

足を開き、いつの間にか取り払われたショーツが畳の上に落ちていた。レースの多目なパステルブルーのショーツだった。あまり見ない大胆な下着に、一瞬で色々と理解した。

その瞬間、元は自分の迂闊《うかつ》さを呪った。

（もしかしなくとも、弥生はこの旅行のためにこの下着を……）

きちんと見ることもせず、自分のことばかり考えていた。それならばと、元は弥生の想いに応えるべく、濡れそぼった蜜壷に陰茎をあてがう。

「……はっ、ぁあ……」

狭い入り口を抜けてしまえば、柔らかな肉が元を包み込む。

「……っ、すっげ」

「んぅぅ……っ」

弥生の腰を掴んで、ゆっくりと蜜壷に陰茎を沈めていく。慣れない感触に、すべてを持っていかれそうになる。

「……はっ、は……」

「全部入ったよ」

腹に力を入れて襲ってきた射精感をこらえる。はだけた浴衣を襟から開くと、ショーツと同じパステルブルーのブラジャーが顔を出した。

「やっ」

「可愛いの着てたんだな」

「っあ、やだ、見ないで」

「見るさ。俺のためだろう?」

円を描くように腰を揺すれば子猫のように弥生が鳴く。元が腰を止めると、今度は逆に弥生の腰が揺れた。

「気づかなくてごめん」

ど、笑えない。

「自分のことばかりだった」

ゆるゆるとした動きでぬるい快楽を楽しむ。今日まともに会話したのがセックスの時など、笑えない。


「はじめ、さん?」

あどけない表情と口調で名を呼ばれる。愛おしさが溢れ出て、元の口を滑らせた。

「……愛してる。ずっと一緒にいて欲しい」

「っ、んんぁっ!」

滑らせた言葉を隠すように元は緩やかだった腰の動きに、強弱をつける。肌がぶつかり合い、パンパンと高い音が部屋に響いた。

「あっあっ、んんぁ……っ!」

「やよい……やよい……」

細い腰を抱き、腰の動きに合わせて持ち上げる。蜜壷に飲み込まれては現れる陰茎は怪しく光っていた。

「んっ、ぁ、はぁっ……っあっあっんぅ」

弥生の口から漏れる嬌声に合わせて、リズミカルに腰をうちつける。ブラジャーに隠された乳房が揺れる。最高のプレゼントをもらったような気分になり、元はゆるりと口角をあげた。

「……っ、どう、して?」

「絶対に、もう、離さない」

荒い息と共に紡いだ言葉は、狂気を孕《はら》んでいる。元の上で喘ぐ弥生は気づいただろうか。そんな不安を抱きながらも、元は弥生を責め立てるのをやめなかった。

「わた、しも……」

「……ん？」

「ぜっ、たいに……、はなれ、まぁ……っ、んん、せん」

絶対に、離れません。嬌声に交じっていたが、弥生はいまそう口にしていた。愛しさの中に仄暗《ほのぐら》い喜びがじわじわと溢れ出る。

「同じだな」

「っ、は、い」

同意を得たところで、元は押さえていた衝動を解放するべく身体を動かした。先程まで食事をとっていたテーブルの上に弥生を寝かせ、足を持ち上げる。もちろん、元の陰茎は埋め込まれたままだ。

「……いくぞ」

思いのほか低い声になってしまった。しかし、弥生の蜜壷がきゅうっと元を締め付ける。物言わぬ了承の返事を得て、元は陰茎を引き抜き、奥に叩きつける。それを何度か繰り返すとナカがさらに締まった。同時に、白い喉を仰け反らせて弥生が達した。

「まだまだ。これからだ」

言質は取った。残りは、枷《かせ》をはめるだけ。流れる汗が、弥生の肌に落ちた瞬間、元は抑えていた欲望を最奥に解き放った。

冷静になったところで、部屋付きの露天風呂に入ろうと提案したのは弥生だった。乱れた浴衣を互いに脱がせ合った。恥ずかしがる弥生を先に浴場に送り出す。その背中を見送った後、元はスーツのポケットから小さな箱を取り出した。そしてすぐに愛しい人の後を追った。


「綺麗な星……。まるで星空を泳いでるみたい」

満天の星とはこのことだろう。周りに建物もなく、人工的な灯《あか》りも無い。風呂の中に埋め込まれたライト一つで二人は星空と温泉を楽しんでいた。

ちゃぷ、とお湯が波立つ。離れた弥生を元は後ろから引き寄せた。

「星もいいけど、俺も見て」

「ひぇ……すごい破壊力……」

「破壊力って……」

「元さん、あんまりそういうこと言わないでしょ？　だから……もう、今日はずっとドキドキしてる」

「言わない方がいいか？」

「っちが、そういうんじゃなくて……ごめんなさい。言ってくれて……うれしい」

温泉の効果も相まって、頬を上気させた弥生が目を細め、柔らかく笑う。その笑顔に、元は心を決めた。

「そんなに喜んでもらえるならいつだって言うさ」

「私の心臓がもたないかも」

「愛してる」

「……っ」

「かわいい。下着も似合ってた」

「……バカ！」

「そばにいて」

「……」

「また、旅行に行こう」

「……はじめ、さ」

「それから」

とっくに気づかれているかもしれないが、浴場の小さなテーブルの上に置いておいた箱を取り、開ける。ベルベットの台座に鎮座していたのは、この日のために用意した物だ。湯の中のライトに照らされ一層輝きを放つ物は。そう、指輪だった。

「……っ、う、そ」

「結婚しよう」

いわずもがな、指輪は元がデザインしたものだ。弥生の作ったｅｃｒｉｎをモチーフにし、爪部分はクラウン型になっている。中央にはめ込まれたダイヤモンドは、クラウンに包まれゆらゆらと揺れる。吊り下げ式にして動きを出すようにしたおかげか、柔らかい光を放っていた。色はもちろん、第一弾のボールペンをイメージしたピンク。決して小さくないサイズのピンクダイヤは星空に負けない輝きを放っていた。

「はめていいか？」

台座から指輪を取り出し、元は弥生の左手をそっと持ち上げた。温泉を纏った左手はいつもより滑らかで、思わずキスをしたくなる。

「……いいの？」

「いいの？　とは？」

「私で、いいの？」

「弥生しかいないよ。俺の、女神」

愛しさを込めて、元は左手薬指にキスを落とす。衝動のままに跡を残せば、弥生の涙が手の甲を流れていく。

「……うれしい」

「はめていいか？」

今度は確信を持った声色で尋ねる。小さく頷く弥生の指に、指輪をはめる。まるで初め

からそこにあったように、しっくりとくる、弥生にぴったりの指輪だ。

「……すてき」

「それで、返事は？」

涙に濡れた目を細めた弥生は星空に響く声でこう言った。

「はい！　もちろんです！」

ばしゃん、と湯がはね、小さな身体が元の胸に飛び込んできた。それを腕の中に閉じこめる。

やっと、手に入れた。俺だけの女神。

心のなかでそう呟いた元は、感激に涙する愛しい人の秘密の場所に唇を寄せた。

あとがき

はじめましての方も、そうでない方も、この度は拙作、『指名NO．1のトップスタイリストは私の髪を愛撫する』をお読みくださいましてありがとうございました。

書籍化のお話を頂いた時には、「まさか！」という気持ちでいっぱいでした。興奮して眠れなかったのを今でも覚えています。初めてだらけのことで、どうしたらいいかも分からないことばかりでしたが、編集者様の胸を借りて、より良いものに仕上がる過程を間近で見るという素晴らしい経験が出来ました。

そしてイラストを担当してくださった蜂不二子様。素敵なイラストをありがとうございました。イラストが出来上がる度に、叫び、画面を拝んでいました。大ファンだった先生に描いてもらった二人は私の宝物です。

このお話は、私の中で挑戦でした。ティーンズラブらしく、けれども私らしさをどうやって出していくか。悩みながら書いていきました。

夢を追いかける熱いヒロインになっていますが、皆様お気に召していただけたでしょうか？　私は仕事を頑張るヒロインが好きなので、ここまで書けて大変満足しております。ヒーローの元は、誰からも憧れるような素敵な人をと、考えながら作り出しました。けれども、人間らしい所も欲しいと考えていたら執着の強い人になっていました。コンプレックスを強みに変えてくれる腕前を持ちながら、ヒロインにはたじたじ。そんな可愛いヒーローでもあるのかなと思います。実際に二度も逃げられそうになっていますし。

番外編の話は、書くのに少し苦労しました。私の中で完結済みの話であったので、弥生と元の二人に意識を持っていくのに時間がかかりました。思いを確認した二人にして欲しいこと、私が読みたいもの……と、考えた結果、旅行でしょ！と、出来た話です。お風呂でのプロポーズシーンも書けて大満足です。

実はこの二人、ベッドでのHシーンがほとんどありません。でも愛さえあればどこでも大丈夫！　お風呂セックス最高！

この旅行の後、元はすぐに弥生の実家にご挨拶に行きます（断定）。そして、弥生の幼小中高のアルバムを眺めて、この時のカットは全然ダメだな！とか口に出すと思います。逆に元の家に挨拶に行くのは大変そうですね。一美そっくりの義母さんが弥生を拉致しちゃって元があたふたしたりして。そんな楽しい未来が二人には待っている事でしょう。

最後になりますが、本の出版に尽力してくださったスタッフの皆様、ここまでお読みくださった読者様。本当にありがとうございました。またどこかでお会いできたらと思います。

ぐるもり

これは私の妄想？
それとも……………
――やらしい夢を見ているんだよ
「才川夫妻」の同僚たちが繰り広げるラブストーリー。
電子コミックも好評配信中!

★著者・イラストレーターへのファンレターやプレゼントにつきまして★
著者・イラストレーターへのファンレターやプレゼントは、下記の住所にお送りください。いただいたお手紙やプレゼントは、できるだけ早く著作者にお送りしておりますが、状況によって時間が掛かる場合があります。生ものや賞味期限の短い食べ物をご送付いただきますと著者様にお届けできない場合がございますので、何卒ご理解ください。
送り先
〒160-0004 東京都新宿区四谷3-14-1 UUR四谷三丁目ビル2階
(株) パブリッシングリンク
蜜夢文庫 編集部
○○(著者・イラストレーターのお名前)様

指名No.1のトップスタイリストは私の髪を愛撫する

2019年5月29日 初版第一刷発行

著……ぐるもり
画……蜂不二子
編集……株式会社パブリッシングリンク
ブックデザイン……おおの蛍
(ムシカゴグラフィクス)
本文DTP……IDR

発行人……後藤明信
発行……株式会社竹書房
〒102-0072 東京都千代田区飯田橋2-7-3
電話 03-3264-1576(代表)
03-3234-6208(編集)
http://www.takeshobo.co.jp
印刷・製本……中央精版印刷株式会社

ISBN978-4-8019-1874-0 C0193
Printed in JAPAN